Barbara Saladin wurde 1976 in Liestal geboren. Heute lebt sie als Journalistin und Autorin in Thürnen im Kanton Baselland und arbeitet in der Redaktion der Oberbaselbiter Lokalzeitung «Volksstimme» in Sissach. Sie hat bereits einen Kriminalroman sowie diverse Kurzgeschichten veröffentlicht. 2009 wurde sie zur «Botschafterin der Ostfriesischen Inseln in der Schweiz» gewählt, bereiste alle sieben ostfriesischen Inseln und ließ sich dort zu ihren Krimi-Kurzgeschichten *Sieben Inseln. Sieben Krimis* inspirieren.

ro
ro
ro

Barbara Saladin

SIEBEN INSELN
SIEBEN KRIMIS

Eine mörderische Reise
durch die ostfriesische Inselwelt

Rowohlt Taschenbuch Verlag

Veröffentlicht im Rowohlt Taschenbuch Verlag,
Reinbek bei Hamburg, Juni 2011
Nachdruck aus dem illustrierten Taschenbuch gleichen
Titels des Verlagshauses Soltau-Kurier-Norden
© Edition Ostfriesland Magazin 2010
Umschlaggestaltung Sarah Heiß, any.way, Hamburg
(Foto: altrendo travel, Nick M Do © Getty Images)
Satz Swift PostScript (InDesign) bei
KCS GmbH, Buchholz bei Hamburg
Druck und Bindung Druckerei C. H. Beck, Nördlingen
Printed in Germany
ISBN 978 3 499 25633 2

2. Auflage Juni 2013

So viel steht fest:

Dies sind Kriminalgeschichten, nicht mehr und nicht weniger.

Personen und Handlungen sind frei erfunden.

Ähnlichkeiten mit Lebenden oder Toten oder real existierenden Einrichtungen sind nicht beabsichtigt.

Auch Kulissen ähneln der Realität. Und bleiben doch Kulissen.

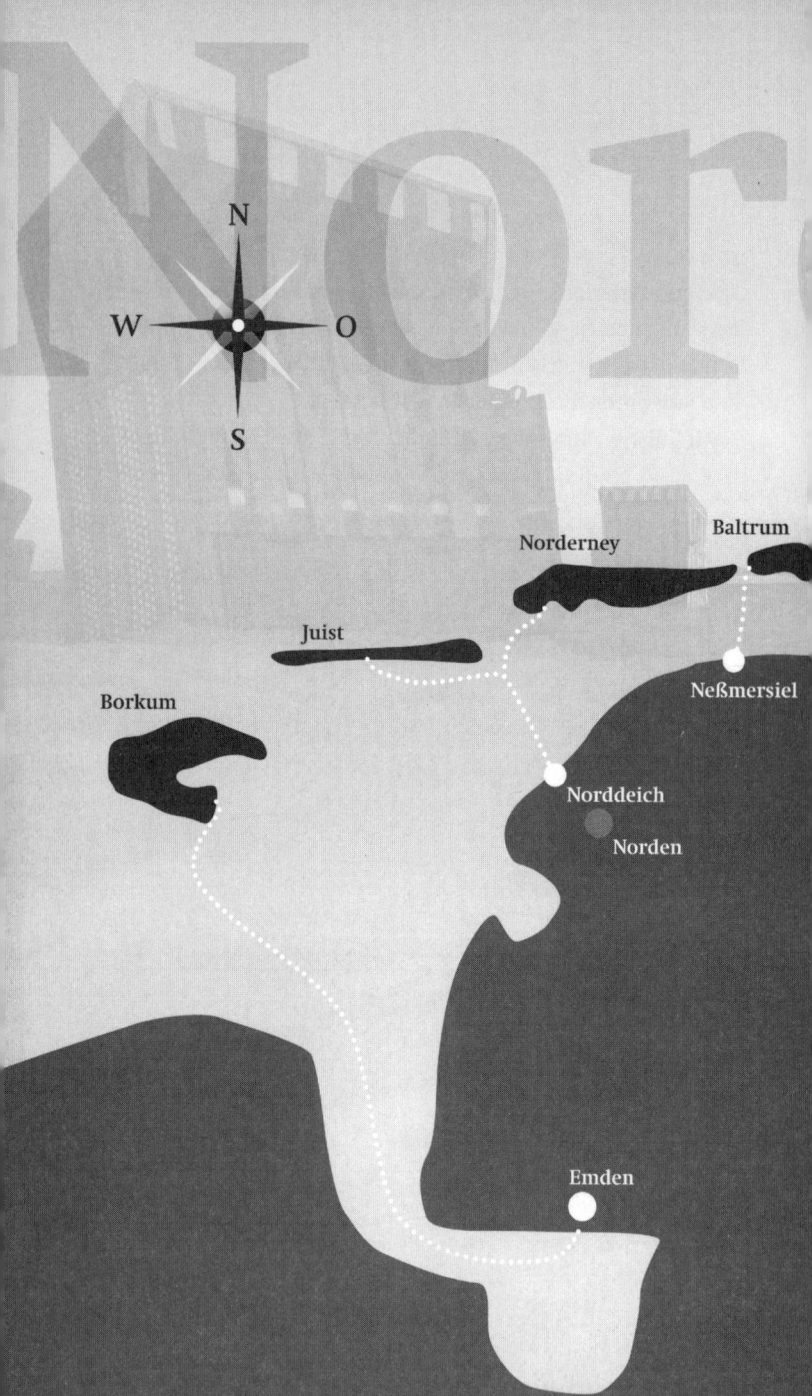

INHALTSVERZEICHNIS

Up Moord un Doodslag

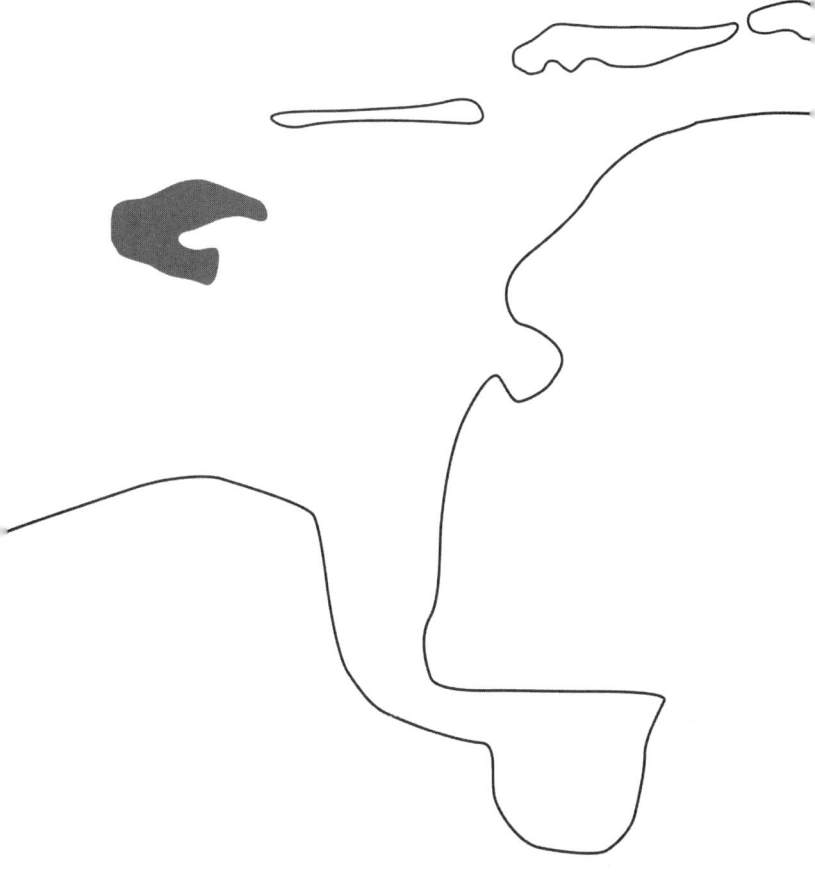

Ubbo Akkermann war ein Ostfriese, wie er in Urlaubskatalogen über Küste und Inseln gern abgebildet wird: groß und breitschultrig, urig und waschecht. Zudem war er einer jener Insulaner, deren Vorfahren schon vor Jahrhunderten Borkum besiedelt hatten und, als dies nicht mehr ausreichte, im 18. Jahrhundert auf holländischen Walfangschiffen anheuerten und gen Grönland zum Walfang gefahren waren. «Up Moord un Doodslag» war ein Ausspruch, den Ubbo aus Stolz auf seine Borkumer Herkunft gerne zitierte und jedem Touristen auch gleich die entsprechende Erklärung dazu lieferte: Es war ein Abschiedsgruß aus den goldenen Walfangzeiten.

«Up Moord un Doodslag» hieß auch sein Fahrradverleih – nicht ganz naheliegend zwar, aber der Name zog bei den Gästen. Und genau diese Worte – «Moord» und «Doodslag» – schossen Thomas nun durch den Kopf und wirbelten mit rasender Geschwindigkeit darin herum, als er den Fahrradverleih betrat und Ubbo zwischen einem Holland- und einem Kinderrad liegend entdeckte. Denn es bestand kein Zweifel daran, dass er ermordet und totgeschlagen worden war.

Ubbo lag mit dem Gesicht nach unten auf dem kalten, schmutzigen Zementboden, die graumelierten Haare waren blutverkrustet. Eine Blutlache hatte sich von seinem Kopf unter mehreren Fahrradreifen hindurch auf dem Boden ausgebreitet.

 **BORKUM**

Im Gegensatz zu den Menschen im Film, die unkontrolliert zu schreien beginnen, wenn sie unerwartet auf Leichen stoßen, zeigte Thomas keinerlei Regung. Er verließ einfach fluchtartig den Fahrradverleih. Draußen blieb er stehen und überlegte fieberhaft. Sollte er sich aus dem Staub machen oder die Polizei rufen?

In seinem Kopf jagten sich die Gedanken, er sah sich um, als würde irgendwo in der menschenleeren Straße eine Antwort für ihn bereitstehen. Doch da war keine.

Die Gardine eines Fensters nebenan bewegte sich, und er sah ein runzliges Gesicht im Dunkeln des Fensterlochs verschwinden. «Mist!», durchzuckte es ihn. Die «Inselgräfin» – Agathe Schmidt mit bürgerlichem Namen – hatte ihn gesehen! Thomas zückte sein Handy und wählte die 110, bevor sein Hirn von der Reflex- auf die Gedankenebene zurückkehrte.

Thomas stand zwischen den Fahrrädern, die vor dem Laden geparkt waren, mit zittrigen Fingern (wegen des Schreckens) und schlotternden Knien (wegen der Kälte, die an diesem Oktobermorgen herrschte und gegen die seine winddichte Fleece-Jacke nur ungenügend schützte). Was dann geschah, kam ihm wie ein eigenartiger Film vor, den er ungläubig schaute: Die Polizei kam mit schrillem Martinshorn zum «Up Moord un Doodslag» gerast, mehrere Polizisten sprangen aus dem Einsatzwagen und betraten den Laden, während ein anderer ein rot-weiß gestreiftes Plastikband mit der Aufschrift «Polizeisperrzone – kein Zutritt» um Ubbos Fahrradverleih spannte. Eine wachsende Anzahl von Neugierigen und Herbeigeeilten, Borkumern und Gästen, verfolgten das Geschehen. Auch Agathe Schmidt, Ubbos Nachbarin, hatte sich ins Gewühl gestürzt und versuchte ständig, die Polizisten in ein Gespräch zu verwickeln. Obwohl Thomas schon seit zwei Jahren auf der Insel lebte, kannte er, wie ihm nun auffiel, keinen der Polizisten persönlich. «Kommen Sie mit», erlöste ihn schließlich einer der Beamten aus seiner Schockstarre und fuhr ihn zur Polizeistation zur Befragung.

«Ich bin froh, dass du da bist», begrüßte ihn Kalle vier Stunden später, als Thomas wie in Trance im «Borkum Bikers», seinem eigenen Fahrradgeschäft, auftauchte. Etwas unbeholfen schlug der Azubi seinem Chef mit öl-verschmierter Hand auf die Schulter und versuchte sich in ein paar ermunternden Worten. Natürlich hatte die Kunde von Ubbos unerwartetem Tod bereits die Runde gemacht, ebenso wie die Tatsache, dass Thomas den To-ten entdeckt hatte.

Thomas' Gedanken drehten sich immer noch im Kreis, und er wusste nicht, was ihn mehr aus der Fassung ge-bracht hatte: das Auffinden von Ubbos Leiche oder die Befragung durch die Polizei.

«Ich glaube, sie verdächtigen mich», sagte er tonlos. Kalle pfiff verächtlich durch seine schiefen Zähne und meinte dann aufmunternd, dass es ja wohl kaum ein Ver-brechen sei, den Konkurrenten zwecks einer Aussprache aufzusuchen, oder?

«Erklär das denen mal!», gab Thomas resigniert zurück. Denn hier lag das Problem. Auf einfache Fragen wie «War die Tür verschlossen?» oder «Haben Sie jemanden in der Nähe gesehen?» ließ es sich schließlich unverfänglicher

 **BORKUM**

antworten als auf «Waren Sie mit Ubbo Akkermann befreundet?».

Denn sie waren alles andere als Freunde gewesen. Nachdem Ubbo seinen Fahrradverleih in die Nähe des «Borkum Bikers» umgesiedelt hatte, fing er systematisch Thomas' Kundschaft ab, was ihren bis dahin schwelenden Konkurrenzkampf zum Eskalieren brachte. Nicht dass es nicht noch fast zehn weitere Fahrradverleihe auf der Insel gegeben hätte, die in friedlicher Koexistenz ihr Auskommen fanden – aber der alteingesessene Platzhirsch Ubbo und der zugezogene Sportfanatiker Thomas, dem Ubbo sich an besserer Passantenlage vor die Nase gesetzt hatte, waren sich einfach nicht grün. Des Nachts gefällte Werbetafeln und platte Reifen durch geöffnete Ventile trugen nicht zur Beruhigung der Situation bei.

«Wieso hast du überhaupt die Polizei alarmiert und dich nicht einfach davongemacht?», fragte Kalle.

«Die alte Schmidt hat mich am Tatort gesehen.»

«Auweia. Dann weiß inzwischen ganz Borkum, dass du der Meuchelmörder bist.» Kalle zog die Schultern hoch, formte seinen Rücken zu einem Buckel und krallte seine Rechte um den imaginären Knauf eines Gehstocks. Die Ähnlichkeit seiner Haltung mit jener der Apothekerswitwe Agathe Schmidt war frappant, doch Thomas war nicht zum Lachen zumute.

Da er sich nicht imstande fühlte, Fahrräder zu reparieren oder an Touristen zu verleihen, sperrte Thomas den Laden zu. Er brauchte Abstand, Bewegung, also schwang er sich auf sein Rad und sauste los. Das Tempo tat ihm gut, und der stürmische Rückenwind verlieh ihm zusätzliche

Geschwindigkeit, als er über die Straße zum Ostland flitzte und dann weiter bis zum Deich, der die Insel zum Wattenmeer hin schützte.

Erst gegen Abend kehrte er in die Stadt zurück, nun mit Gegenwind kämpfend und deshalb außer Atem. Der Wind wehte seit Tagen mit Stärke sechs bis sieben.

«Hallo, Herr Hemmer!» Plötzlich stand sie vor ihm und lächelte ihn freundlich an, etwas von unten herauf, da ihr Buckel sie zum stetigen Zu-Boden-Schauen nötigte.

«Moin, Frau Schmidt», keuchte Thomas und wollte so schnell wie möglich an ihr vorbei, doch sie hielt ihm wie eine Bahnschranke ihren Gehstock in den Weg und sagte: «Ach, warten Sie doch kurz, ich bin ja so neugierig.»

Auch das noch! Thomas blieb bei «Gräfin» Agathe stehen.

«Haben Sie einen neuen Gehstock?», fragte er, einfach damit etwas gesagt war, was nichts mit Ubbo, Mord oder Totschlag zu tun hatte. So eine blöde Frage, dachte er.

«Ha, haben Sie das bemerkt?»

Thomas zuckte die Schultern und schwieg, was Agathe als Einladung verstand, das Gespräch zu vertiefen: «Ja, wissen Sie, mein alter, schöner, der mit dem vergoldeten Knauf, ist zerbrochen. Nachdem ich meine Tochter in Emden besucht hatte, zack, am Hafen, war er entzwei.»

Thomas überlegte sich, ob der Gehstock wohl bei einem ebenso abenteuerlichen Ausbremsmanöver eines Fahrrads in die Brüche gegangen war, wie Agathe es eben bei ihm inszeniert hatte, aber er unterließ eine entsprechende Frage.

 **BORKUM**

Später saß Thomas an Agathes Wohnzimmertisch vor einer filigranen Porzellan-Teetasse mit blauem Windmühlenmotiv. Sie hatte ihn überredet, auf eine Tasse Tee hereinzukommen, und er hatte beschlossen, dass es strategisch verheerender war, sich der Borkumer Gerüchtemaschine Nummer eins zu entziehen denn zu versuchen, sämtliche Verdachtsmomente im Zusammenhang mit Ubbos Ableben zu zerstreuen.

Agathe kam mit einer Kluntje-Dose, einem Kännchen Sahne und einer großen Kanne Ostfriesentee aus der Küche, deren Einrichtung glatt aus dem ostfriesischen Heimatmuseum hätte stammen können. Nur ein großer, abschließbarer Medikamentenschrank, hinter dessen Glastüren sich allerlei Fläschchen reihten, passte nicht ins Bild. Er war eine Erinnerung an ihren verstorbenen Ehemann, den Inselapotheker Hubert Schmidt – selig.

«Sie trinken den Tee nicht richtig», tadelte «Gräfin» Agathe Thomas, als er das heiße Getränk nach der Zugabe von Zucker und Sahne umrührte.

«Ja, ich weiß», antwortete er unwillig und kam sich vor wie ein ungehorsamer Schuljunge.

«Erst Kluntjes, dann den Tee, dann das Wulkje – und Rühren verboten!», erklärte sie ihm überflüssigerweise. «Mein Mann hat sich auch nie daran gehalten. Doch das ist enorm wichtig, das ist eine alte Tradition, die uns keiner nehmen kann.»

Ubbo war trotz aller Tradition das Wichtigste überhaupt genommen worden, nämlich das Leben. Thomas verzichtete allerdings darauf, diesen Gedanken in Worte zu fassen, stattdessen hörte er der quasselnden Alten weiterhin zu, ohne ihren Redefluss stoppen zu können.

Als er es beim fünften Verabschiedungsversuch schließlich schaffte, Agathes Wohnung zu verlassen, ließ sie ihn
endlich gehen, nicht ohne eine Sturmflutwarnung aus-
zusprechen.

Kurz vor elf Uhr abends war sie da, die erste Sturmflut
der Wintersaison. Nicht nur «Gräfin» Agathe Schmidt,
sondern auch die Wettervorhersage hatte sie angekün-
digt. Der Wind rüttelte an den Fenstern und zerzauste
die beiden windschiefen Bäume, die vor Thomas' Wohnung standen. Obwohl das Wetter sich von seiner un-
wirtlichen Seite zeigte, hielt es Thomas zu Hause nicht
aus. Er verzichtete allerdings auf die Mitnahme seines
Fahrrades, nachdem der letzte Februarsturm ihn vom
Rad geweht und ihm ein verstauchtes Handgelenk einge-
brockt hatte.

Ziellos lief Thomas durch die Stadt. Immer wieder
schlug ihm der Wind mit voller Wucht ins Gesicht, wenn
er aus dem Schutz einer Häuserzeile in eine Querstraße
trat. Im Gestänge der Lampen des Neuen Leuchtturms,
der auf einer kreisrunden Wiese emporragte, pfiff der
Sturm geisterhafte, wilde Melodien.

Viele Menschen kämpften sich über die Strandpromenade, um zu sehen, wie die Flut immer größere Teile des Strandes überschwemmte. Die Strandkörbe und
Strandzelte waren größtenteils in Sicherheit gebracht
worden und schmiegten sich an die Mauer, um nicht vom
Blanken Hans, der wütenden Nordsee, hinausgerissen zu
werden.

Thomas schlug den Weg nach Süden ein und folgte der
Bürgermeister-Kieviet-Promenade den Kurpark entlang.

 **BORKUM**

Vom Meer her brüllte der Sturm und peitschte immer wieder Gischt über den Weg. Das Gehen wurde zunehmend schwerer, und so entschloss sich Thomas, durchgefroren bis auf die Knochen, zur Rückkehr.

Kalle hatte ihn auf ein Bier mit seinen jugendlichen Kumpanen eingeladen, «damit du nicht ins Grübeln kommst, Chef!», doch Thomas hatte abgelehnt. Er bevorzugte das Alleinsein und war dankbar, dass das Tosen des Sturms die Gedanken in seinem Kopf übertönte.

Ubbos Tod war für zwei weitere Tage Gesprächsthema Nummer eins. Nur die Sturmflut, die den Hafen unter Wasser gesetzt und an mehreren Dünen genagt hatte, vermochte mit dem Mordfall zeitweilig zu konkurrieren.

Um sicherzugehen, dass er nicht die Flucht ergriff, hatte die Polizei Thomas auferlegt, sich einmal täglich auf der Wache zu melden. Er fühlte sich dabei, als befände er sich bereits mit einem Fuß im Gefängnis.

Als die Sturmflut längst vorbei war, die Nordsee sich wieder eingepegelt hatte und der Wind auf die übliche Stärke vier abgeflaut war, fuhr Thomas erneut in den Osten der Insel. Die Weiten des Strandes sorgten für einen einigermaßen klaren Kopf, was ihm weder in der Stadt noch in seinem Fahrradverleih vergönnt war. Die argwöhnischen Blicke, die er in den Gesichtern der Insulaner zu entdecken glaubte, setzten ihm zu, darum zog er die Einsamkeit vor.

Ein Krabbenkutter tuckerte langsam vorüber, und über den Strand zog sich ein Trümmerfeld aus Strandgut. Bis hierher war die Sturmflut gelangt und hatte eine Unmenge an Zeug auf dem Sand hinterlassen. Längliche

Schwertmuscheln lagen da und Seesterne, Thomas fand auch Gummihandschuhe und immer wieder Teile von Fischernetzen. Zwischen Holz- und Styroporstücken leuchtete etwas Goldenes auf. Als Thomas das glänzende Etwas aufhob, identifizierte er es als vergoldeten Knauf eines Gehstocks. In den Schaft waren die Initialen «A. S.» eingraviert, und in der zersplitterten Bruchstelle des Stocks, knapp zwei Handbreit unter dem Knauf, klebten graumelierte Haare.

Thomas war, als würde ihm der Boden unter den Füßen weggezogen. «Das darf doch nicht wahr sein», dachte er, als ihm dämmerte, dass er zweifelsohne die Reste eines ganz bestimmten Gehstocks in der Hand hielt. Und dass die Haare, die das Meer nicht aus den aufgequollenen Holzsplittern wegzuwaschen vermocht hatte, zweifellos von Ubbos Kopf stammten. War es denn möglich, dass …?

Ein unvorstellbarer Gedanke. Nein, das war unmöglich. Agathe Schmidt ging zwar vielen Leuten auf die Nerven, weil sie alles besser wusste und sich aufführte, als wäre Borkum ohne ihre Warnungen schon längst von einer richtig verheerenden Sturmflut, einem Tsunami oder einem sonstigen Schreckenis dahingerafft worden. Nichtsdestotrotz hatte die Alte auch liebenswerte Seiten, wenn sie auch oft keifend für Recht und Ordnung sorgte und jeden, der sich nicht rechtzeitig in Sicherheit brachte, erbarmungslos vollquasselte.

Jetzt nur keinen Denkfehler machen, befahl sich Thomas. Er beschloss, nicht gleich die Polizei zu alarmieren, sondern erst mal zu versuchen, Agathe auszuhorchen, um herauszufinden, ob ihr Gehstock wirklich in Emden

 **BORKUM**

kaputtgegangen war. Hin und her gerissen zwischen diesem Vorsatz und dem Drang, augenblicklich für seine Entlastung zu sorgen, fuhr er zurück in die Stadt. Sein Weg nach Hause führte ihn sowohl am «Up Moord un Doodslag» als auch an «Gräfin» Agathes Wohnung vorbei, was seinen Puls in die Höhe trieb.

Und auf der Straße vor ihrem Haus stand die Apothekerswitwe auch prompt und winkte ihn eifrig heran.

«Oh, der Herr Hemmer!», jubilierte Agathe Schmidt. «Sie können mir helfen.»

«Was denn bitte?», fragte er müde, nachdem er angehalten hatte. Sie zeigte mit ihrem Stock auf eine Plastiktüte, die neben ihr auf dem Boden stand: «Sie könnten mir meine Einkäufe schnell hochbringen. Für einen sportlichen Mann wie Sie ist das ja nichts, aber für eine ältere Dame wie mich – die Kräfte lassen nach im Alter.»

Thomas nickte und stellte – was blieb ihm anderes übrig? – das Fahrrad ab.

Nachdem er die Einkaufstüte hochgetragen hatte, komplimentierte sie ihn ins Wohnzimmer, setzte Teewasser auf und begann, Geschichten über ihren verstorbenen Ehemann zu erzählen. Widerstand war zwecklos; offenbar befand sie es nicht für nötig, Thomas zu fragen, ob er denn überhaupt Zeit für ein Teekränzchen hätte.

Thomas musste ständig niesen. An jenem vermaledeiten Morgen, den er im Wind vor dem «Up Moord un Doodslag» und danach in der zugigen Polizeistation verbracht hatte, hatte er sich erkältet, und die Sturmnacht hatte ihm den Rest gegeben. «Gesundheit!», rief Agathe jedes Mal, und Thomas kam es vor, als würde sie dabei triumphierend grinsen.

Nachdem gefühlte dreißig Heldentaten des Inselapothekers – Gott hab ihn selig – minutiös nacherzählt worden waren, war Thomas' Geduld am Ende. Er wollte nach Hause. Seine Nase lief, doch als er ein Paket Papiertaschentücher aus seiner Jackentasche zog, wurde er von einem weiteren Niesen überrascht.

Ein dumpfes «Klong», das in die Teegemütlichkeit knallte, weckte Agathes Aufmerksamkeit. Thomas erstarrte. Am Boden lag der vergoldete Knauf mit den Initialen «A. S.», der ihm während des Niesens mitsamt den Taschentüchern aus der Tasche gefallen war.

«Oh, was haben Sie denn da?», fragte die «Gräfin». Zu spät. Keine Chance. Eine schnelle Ausrede war nicht in Reichweite, und für etwaige Verwechslungen war der Knauf zu einzigartig.

«Das habe ich gefunden», stammelte Thomas.

«Wirklich?», fragte Agathe entzückt: «So ein Zufall, das ist der Knauf meines Gehstocks! Dass der es von Emden bis hierher geschafft hat!»

Zu seiner Verwunderung stellte Thomas fest, dass das Auftauchen der mutmaßlichen Tatwaffe sie nicht im Geringsten aus der Fassung zu bringen schien. Vielmehr plapperte sie munter drauflos und stand irgendwann erneut auf, um Tee zu holen.

«Sie bleiben doch noch, nicht, Herr Hemmer?», mahnte sie ihn mit erhobenem Zeigefinger und sah ihn an wie eine Großmutter, die ihren Enkel vor einer Dummheit warnt.

Die Tür stand einen Spaltbreit offen. Aus der Küche drang Geschirrgeklapper, während Thomas fieberhaft überlegte,

BORKUM

ob es vielleicht doch eine andere Erklärung für alles gab und sein schrecklicher Verdacht haltlos war, genauso unerhört wie der Verdacht, den die Polizei gegen ihn selbst hegte. Vielleicht hatte der Knauf sich ja in der Emsmündung in einem Fischernetz verfangen, überlegte Thomas, oder spielende Seehunde hatten ihn verschleppt.

Oder war es doch besser, aus der kontrollierenden Präsenz von «Gräfin» Agathe zu fliehen, sofort zur Polizei zu gehen und sich im schlimmsten Fall der Lächerlichkeit preiszugeben? Vor seinem inneren Auge prangten bereits die Schlagzeilen der Boulevardpresse: «Borkum-Mord: Verdacht auf harmloses altes Mütterchen gelenkt!» oder «Peinliche falsche Fährte beim Fahrradmord!» oder «Nur wer etwas zu verbergen hat, legt falsche Spuren!».

«Sie trinken den Tee falsch», tadelte Agathe Schmidt Thomas erneut, als er den starken Schwarztee in seiner Tasse wild umrührte. Schon wieder. Hatte sie denn keine anderen Probleme?

«Das ist eine wichtige Zeremonie», mahnte sie und warf zur Demonstration ein paar Kluntjes in ihre eigene Tasse. Als sie den Tee darübergoss, knisterten die Kandisstücke geheimnisvoll. Dann gab sie mit ritualartiger Sorgfalt die Sahne im Kreis in das Heißgetränk und beobachtete fasziniert, wie sie sich wolkenartig ausbreitete.

«So geht das richtig», sagte sie, stürzte den Tee dann ex hinunter und ließ die Kluntjes, die sich nicht aufgelöst hatten, in der Tasse zurück, während Thomas es wie immer vorzog, den Tee erst dann zu trinken, wenn die Kandisstücke vollständig verschwunden waren und die bittere Flüssigkeit ausreichend gesüßt hatten.

Das Schwindelgefühl kam überfallartig. Thomas merkte, dass seine Gedanken abschweiften, und fühlte sich von einer unbezwingbaren Müdigkeit übermannt. Agathe Schmidt saß ihm gegenüber und sprach weiter, doch er hörte nicht mehr, was sie sagte. Sein Hirn begann damit, seine Funktionstüchtigkeit rasant abzubauen.

Unvermittelt kam ihm der verstorbene Inselapotheker in den Sinn. Wie war er doch gleich gestorben? Beim Teetrinken?

Seine Gedanken machten sich selbständig. Schwindel. Inselapotheker, Medizin, Giftschrank, Küche. «Die Kluntjes!», schoss es ihm durch den Kopf, wie eine Eingebung, doch zu spät, denn sein Bewusstsein torkelte bereits.

«Haben Sie die Kluntjes vergiftet?», fragte er Agathe ungläubig, und seine schwere Zunge vermochte das Wort «Kluntjes» schon kaum mehr richtig zu artikulieren.

Zum ersten Mal hörte sie auf zu reden, dann sagte sie: «Es tut mir leid, Sie haben mir keine andere Wahl gelassen. Sie hätten mich doch bei der Polizei verraten. So sind sie, die Jungen.»

«Sie haben Ubbo erschlagen.»

Agathe sah ihn an, als wolle sie sich bei ihm entschuldigen: «Beleidigt hat er mich, der ungehobelte Kerl, unterbrochen. Hat mich eine frigide Inselzicke genannt und gesagt, dass mein Hubert Glück hatte, von der Erde gehen zu dürfen, um mein nervtötendes Geplapper nicht mehr anhören zu müssen!»

Thomas öffnete den Mund, aber anstatt etwas zu sagen, stieß er nur ein eigenartiges Geräusch aus.

«Und zudem», ergänzte Agathe, «war auch immer ein Saulärm in seinem Laden.»

 **BORKUM**

«Und …» Thomas' Stimme versagte ganz, sein Oberkörper kippte nach vorne. Im letzten Moment rettete «Gräfin» Agathe die Porzellantasse mit dem blauen Windmühlenmotiv, bevor sein Kopf auf die Tischplatte knallte.

Langsam glitt Thomas vom Stuhl. «Das mit dem Tee und den Kluntjes hat bei Ubbo leider nicht funktioniert», fuhr sie mit ihrer Erklärung unbeirrt fort. «Er war eben ein richtiger Ostfriese.»

Doch Thomas hörte sie schon nicht mehr.

Strandgut

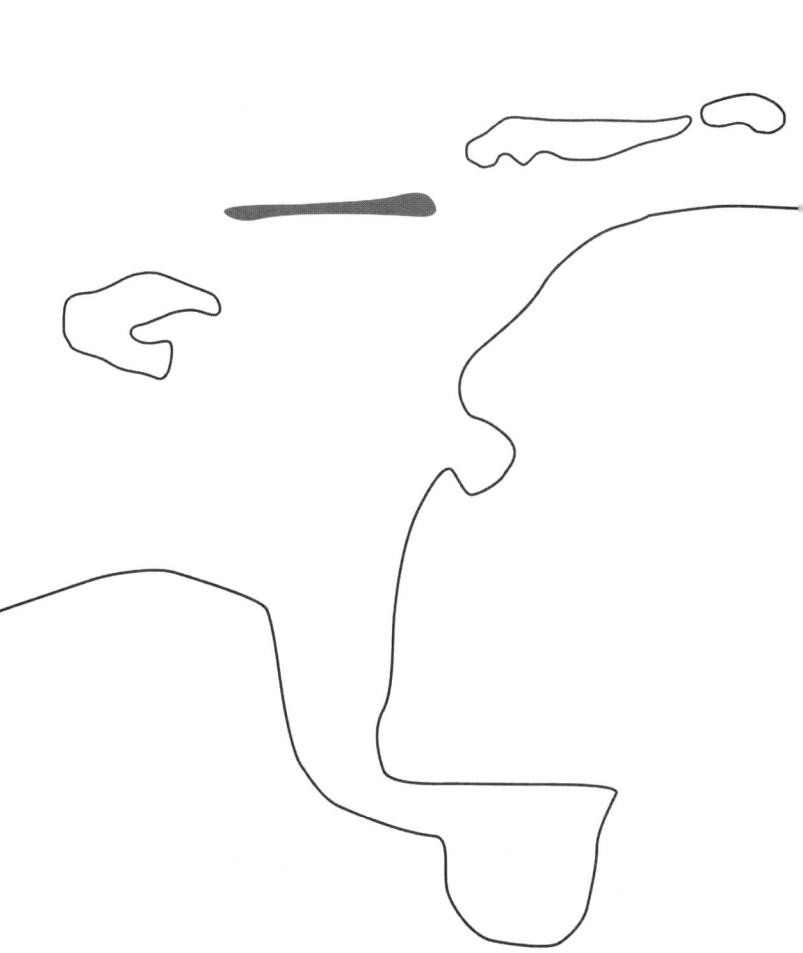

Meine Zukunft im Norden habe ich mir ursprünglich anders vorgestellt, das muss ich zugeben. Aber – hm, wenn ich ehrlich bin, glaube ich, dass ich kein schlechtes Los gezogen habe. Wie sagte schon mein Großvater immer – auf Hochdeutsch, weil dies in seinen Augen gewichtiger klang: «Erstens kommt es anders, und zweitens, als man denkt.»

Mein Großvater hätte keine Freude an mir gehabt, das weiß ich. Denn er war ein ehrbarer Mann, und allein die Tatsache, dass ich meiner Liebe gefolgt und nach Deutschland gezogen bin, hätte seine Innerschweizer Seele geschmerzt. Er gehörte noch jener Generation an, die den Zweiten Weltkrieg an der Schweizer Grenze verbracht und für alles Deutsche zeitlebens nur noch Hass oder jedenfalls Verachtung übrighatte. Zum Glück musste er meinen Auszug aus den Bergen nicht mehr miterleben. Und zum Glück glaubt der ganze Rest der Sippschaft zu Hause immer noch, dass ich mein Geld hier als Hotelfachangestellte verdiene. Mit Bettenmachen, Frühstückservieren oder Auskunftgeben an der Rezeption. Aber es ist ein bisschen anders gekommen.

Ursprünglich hatte ich sowieso studieren wollen, aber dann hatte es in der Schule nicht ganz gereicht, und das mit dem aufregenden Leben in der großen weiten Welt verkam zum unerreichbaren Traum – dachte ich. Okay, in der weiten Welt bin ich trotzdem, und beklagen kann ich mich mittlerweile ja nicht mehr.

JUIST

Alles begann, als Jann sich im vergangenen Oktober in jenes Bergrestaurant verirrte, in dem ich im Service tätig war. «Service», so sagen wir bei uns für die Bedienung. Bergrestaurant – so hat er es bezeichnet – ist natürlich übertrieben, denn die Kneipe steht nicht auf einem Gipfel, sondern unten an der Hauptstraße in meinem Heimatort, aber der liegt allemal noch gut tausend Meter über dem Meeresspiegel.

Jann war auf einer Bergwanderung vom Regen überrascht worden, hatte sich im Wald verlaufen und war schließlich in halsbrecherischer Manier eine Geröllhalde hinuntergekommen, halb gerutscht und halb geklettert, weil er das Postauto zurück zur nächsten Bahnstation noch erreichen wollte. Tja, das hat er nicht mehr geschafft. Es war jedoch die letzte Verbindung gewesen an diesem Tag. So kam er, dem man den Deutschen schon zweihundert Meter gegen den Wind ansah, zu uns in die Gaststube und fragte verzweifelt nach einem Taxi.

«Setzen Sie sich doch erst einmal und trinken Sie einen warmen Kakao», sagte ich fürsorglich und ging dann nach hinten in die Küche, um mich mit dem Rest des Personals über den deutschen Tollpatsch aus dem Flachland lustig zu machen. Trotzdem kam ich mit ihm schließlich ins Gespräch, und irgendwie war er mir auf Anhieb sympathisch. Woher er denn komme, wollte ich wissen, und er sagte: «Juist.»

Davon hatte ich zuvor noch nie gehört, musste aber lachen, als er «Ostfriesland» sagte, wo es doch so viele Ostfriesenwitze gibt und auch in der Schweiz jeder den Otto Waalkes kennt. «Verirrt sich ein Ostfriese in den Bergen» – lustig!

Jann verbrachte die Nacht bei mir, und als er am nächsten Morgen mit dem Postauto ins Tal fuhr, begann ich davon zu träumen, ihm nach Ostfriesland zu folgen. Auf einer Insel wollte ich nämlich schon immer leben.

Ich stieg dann doch nicht in den Hotelsektor ein, sondern in Janns Eisdiele, die er im Zentrum der Insel aufmachen wollte. So kam ich wenige Monate später mit zwei großen Reisekoffern über das Watt gefahren, Allerdings war erst März, und noch hatte keiner Lust auf Eis. Monatelang hatten wir fast täglich miteinander telefoniert und uns allmählich eine gemeinsame Zukunft vorzustellen begonnen.

Die Eisdiele befand sich in einem Haus, das Janns Vater gehörte, wie noch einige andere auf der Insel. Obwohl mein Freund immer von «gemeinsamer Zukunft» sprach, tauchte überall nur sein Name auf. Darüber machte ich mir am Anfang keine Gedanken, denn als ich auf die Insel kam, war ich vor allem eins: blauäugig und verliebt und glücklich.

Da das Geschäft mit dem Eis erst richtig in die Gänge kommen würde, wenn das Sommerwetter Einzug hielt, arbeitete ich erst mal drei Monate im väterlichen Hotel und stotterte damit die ersten paar Monatsmieten für Janns Eisdiele ab.

Im Juni ging's dann los. Wir verkauften Eis an Touristen und Insulaner. Vor allem natürlich an Touristen, denn von denen gibt's in der Hochsaison weit mehr als Juister, die dann sowieso kaum Zeit finden, um Eis zu essen.

Von den Einheimischen und auch von den langjährigen Stammgästen kennt hier auf der Insel jeder jeden, aber irgendwie klappte es nicht so recht mit meiner

JUIST

Integration. Ich war mir manchmal nicht sicher, ob sie mich einfach für eine Touristin hielten, weil ich ihnen fremd war und bereits nach der ersten Silbe eindeutig als Schweizerin erkennbar. Oder ob sie nur so taten, als kennten sie mich nicht, weil sie mich für den dümmsten Menschen auf Erden hielten, weil ich mich in Jann verliebt hatte. Gesagt hat mir das keiner, leider. Und ich brauchte halt einen Moment, um es selber zu merken.

Alenka ist meine beste Freundin geworden. Sie stammt aus Polen, wie viele der Zimmermädchen hier, und arbeitet im «Sünnschien», einer kleinen, leicht antiquiert wirkenden Pension im Westen des Dorfes, außerhalb des Zentrums. Die Besitzerin des «Sünnschien» (was übrigens Plattdeutsch ist und, leicht zu erraten, «Sonnenschein» bedeutet), Frau Janssen, ist eigentlich zu alt, um den Laden zu führen. Aber da sie kinderlos geblieben ist und das Geschäft nicht aus der Hand geben will, macht sie weiter. Wahrscheinlich, bis sie umfällt.

Vor einem Monat – um genau zu sein, am späten Abend des 12. Juli – brach aus heiterem Himmel meine Welt zusammen: Als ich nach einem Kneipenbesuch mit Alenka gegen Mitternacht nach Hause kam, ertappte ich Jann mit einer blonden Tussi, die ich schon zwei oder drei Mal in der Eisdiele gesehen hatte. Eine Touristin, aus Berlin oder so. Mit riesigen Möpsen. Ich erwischte die beiden in unserer gemeinsamen Wohnung und in flagranti, wie in einem schlechten Film. Und da ich eine stolze Person bin, ließ ich mir nicht viel anmerken, als die beiden überrascht und peinlich berührt im Bett saßen und mich anstarrten, sondern sagte nur «elände Soucheib» und ging.

Was hatte Jann sich nur gedacht, unser gemeinsames Bett einfach so zweckzuentfremden? Hatte er geglaubt, ich würde bis mindestens morgens um zwei weitersaufen und ihm deshalb nicht auf die Schliche kommen? Für wen hielt er mich eigentlich?

Ich war traurig, wütend und verletzt, sprang auf mein Fahrrad und trat wild in die Pedale. Allmählich kam der ganze Gefühlscocktail, den ich mit dem «elände Soucheib», für Norddeutsche: dem «elenden Schweinekerl», kurzfristig aus meiner Seele katapultiert hatte, zurück. Machte sich im Magen breit und kroch die Speiseröhre hoch. Tränen verschleierten meinen Blick und ließen die nächtlichen Passanten, die mir auf der Straße begegneten, vor meinen Augen verschwimmen.

Ich wollte nichts wie weg, raus aus dem Dorf und keinen Menschen sehen. Doch Juist ist eine kleine Insel, und wenn man auf Juist weit weg will, hat man nicht sehr viele Möglichkeiten. Es gibt exakt zwei Straßen, die von der Zivilisation wegführen: eine nach Osten zum Flugplatz und eine nach Westen zur Bill.

Die nach Westen ist länger, darum nahm ich diese. Ich war schon eine ganze Weile gefahren, tränenblind und im Gegenwind, als ich vor lauter Anstrengung kaum mehr Luft bekam. Ich steuerte eine Sitzbank an, die etwas versteckt zwischen Büschen stand, und setzte mich schwer atmend. Die Nacht war still, nur vereinzelte Vögel schrien, und der Wind rauschte durch die Sanddornbüsche in meinem Rücken. Ansonsten hörte ich bloß meinen eigenen Atem, der sich langsam beruhigte und dann, völlig deplatziert eigentlich, das Klappern eines sich nähernden Fahrrades.

JUIST

Es musste ein älteres Modell sein, die Kette war locker und das Schutzblech scheuerte hörbar am Rad. Ich hatte keine Lust auf Gesellschaft und zog mich etwas in die Büsche zurück.

Der fremde Radfahrer fuhr ebenfalls Richtung Bill. Nun ist es eher ungewöhnlich, dass sich Menschen auf Juist nach Einbruch der Dunkelheit noch weit vom Dorf entfernen – außer für romantische Strandspaziergänge vielleicht, aber ich befand mich auf der Südseite der Insel, wo die Salzwiesen sich als Vorläufer zum Watt erstrecken, und da gibt es keinen Strand.

Als der Radfahrer verschwunden war, schrieb ich meiner Freundin Alenka eine SMS und bat sie um Asyl für die Nacht, und bald darauf stand ich am Fenster ihres Personalzimmers im «Sünnschien» und heulte, während Alenka etwas hilflos auf dem Bett saß und mir die Vorteile des Single-Daseins aufzählte. Sie meinte es ja gut, aber ich wusste, dass sie in Krakau einen Freund hatte und täglich mit ihm sehnsüchtige Kurzmitteilungen austauschte.

Wie lange wir miteinander redeten, weiß ich nicht mehr. Vor dem Fenster lag die Straße aus Pflastersteinen, wie man sie bei uns für Gartenwege verwendet. Hinter der Straße lag der Deich, und wiederum dahinter erstreckte sich das Wattenmeer bis zu den entfernten Lichtern der Windmühlen am Festland.

Die Straße war menschenleer. Bis mir wieder ein Radfahrer auffiel, der in den Hof des «Sünnschien» einbog und sein klappriges Rad an die Hausmauer lehnte. Seine Bewegungen wirkten heimlich – er gab sich wohl Mühe, leise zu sein, was mit seinem Fortbewegungsmittel ein eher hoffnungsloses Unterfangen darstellte. Denn die Kette war locker, und das Schutzblech scheuerte am Rad! Kurz gesagt: Es war jenes Fahrrad mit jenem Radfahrer, den ich draußen von der Sitzbank aus hinter der Domäne Loog gesehen hatte. Und nun erkannte ich ihn: Es war ein Mann aus Hamburg, der schon ein paar Mal in unserer Eisdiele gewesen war. Er musste seit ungefähr einer Woche auf der Insel sein. Er sei Seehundforscher, hatte mir Jann erzählt, als ich mich nach ihm erkundigte. Ich hatte mich gefragt, was der Seehundforscher bei seinen täglichen Besuchen mit meinem Freund wohl Vertrauliches zu bereden hatte; denn Jann hat's wirklich nicht so mit Tieren, und drahtig, wie dieser Biologe war, konnte er es wohl nicht so mit dem Speiseeis haben. Jedenfalls hat er nie mit einem Eis in der Hand unser Lokal verlassen, aber stets darauf geachtet, dass die Unterhaltung mit Jann außerhalb meiner Hörweite stattfand.

Der Seehundforscher war mir allerdings im Moment ziemlich egal, und am nächsten Morgen hatte ich seine eigenartige Fahrradtour beinahe wieder vergessen. Nur den Katzenjammer um Jann leider nicht. Und da ich nicht wusste, ob der Biologe, der zeitgleich aufgetaucht war wie die Berlinerin mit ihren Möpsen, irgendwas mit meinem neuen Pech zu tun hatte, sollte ich mich wohl für ihn interessieren. Dachte ich jedenfalls.

Ich weiß nicht, ob Alenka ihrer Chefin, Frau Janssen, eine übertriebene Mitleidsgeschichte aufgetischt oder ihr einfach ehrlich meine Situation geschildert hatte, jedenfalls bekam ich ein fürstliches Frühstück spendiert und wurde sehr lieb umsorgt.

JUIST

«Was machst du denn jetzt, du armes Kind?», fragte Frau Janssen und sah mich mit einem Blick an, mit dem man sonst nur dem Tod Geweihte oder andere verlorene Seelen betrachtet: «Gehst du zurück in die Schweizer Bergli?»

Ich zuckte ratlos die Schultern. Unaufgefordert erzählte mir Frau Janssen von eigenen Erfahrungen in jungen Jahren, die dem Thema «unglückliche Liebschaften» zugeordnet werden konnten. Einmal, sagte sie, habe sie sich sogar in einen Schweizer Lokführer verliebt, doch der sei nach ein paar Treueschwüren bereits wieder über alle Berge davon – und das meine sie wörtlich, denn kurze Zeit später habe er sich in der Toskana niedergelassen, und sie blieb im Norden.

Ich hatte mir soeben zum vierten Mal vom Frühstücksbuffet Nachschub geholt («Iss, Kind, iss, das vertreibt die Sorgen!») und war wieder auf dem Weg zu meinem Platz, als der Seehundforscher den Raum betrat. Frisch geduscht, mit nassem Haar und in einer Wolke aus Männerdeo wirkte er um einiges frischer als ich, obwohl ja auch er zu später Stunde noch unterwegs gewesen war. Warum, darüber machte ich mir im Moment nicht groß Gedanken. Ich kannte mich mit Seehunden nicht aus, wer weiß, was die nachts so trieben. Ich war bloß daran interessiert, dass dieser nachtaktive Bekannte von Jann mich hier nicht entdeckte, da ich keine Lust auf Small Talk hatte.

Mit vollem Bauch schritt ich schließlich einer ungewissen Zukunft auf Juist entgegen. Nach Hause in die gemeinsame Wohnung wollte ich nicht, doch auf Juist kann man sich nicht einfach von einem Tag auf den anderen eine neue Bleibe mieten; hier ist der Platz beschränkt. Nochmals bei Alenka in dem kleinen Zimmerchen zu nächtigen war mir unangenehm, ich wollte ihr nicht zur Last fallen, und so setzte ich mich erst einmal auf den Deich und ging in Gedanken sämtliche Alternativen durch. Das Vernünftigste wäre vielleicht die Abreise gewesen, aber dazu konnte ich mich so kurzfristig nicht durchringen. Auch in der Schweiz wusste ich keinen Ort, wo ich einfach so hätte unterkommen können. Nach Hause zu meiner Mutter hätte ich zwar gekonnt – sie hätte mich mit offenen Armen und einer riesigen Tasse Milchkaffee empfangen –, aber das wäre einer Niederlage gleichgekommen. Einer reuigen Rückkehr mit eingezogenem Schwanz, nachdem ich vor wenigen Monaten mit wehenden Fahnen in die große weite Welt aufgebrochen war.

Abgesehen davon lief die einzige Fähre des Tages bereits in zwanzig Minuten aus, was mir niemals gereicht hätte, um auch nur das Nötigste zu packen.

Um etwas Zeit zu überbrücken und auf andere Gedanken zu kommen, besuchte ich das Nationalpark-Haus beim ehemaligen Bahnhof, wo man alles Mögliche über den Naturraum Wattenmeer erfährt. Eine Mischung aus Schlamm- und Museumsgeruch hüllte mich ein. Freundliche Zivis beantworteten die Fragen wissbegieriger Touristen. Ich schlenderte durch die Ausstellung und las etliche informative Dinge über den Lebensraum Wattenmeer, die ich bislang nicht gewusst hatte – vor lauter Jann und Eis hatte ich mich bisher weder mit dem Pflanzenbewuchs der Salzwiesen noch mit den Kleintieren im Schlickwatt beschäftigt. Schade eigentlich, dachte ich, und las interessiert eine Infotafel über Seehunde. Der Hinweis, die Tiere seien dämmerungs- und nachtaktiv, in der Fortpflanzungszeit allerdings auch tagaktiv, irritierte mich, ohne dass ich zuerst wusste, warum. Erst als ich später wieder auf dem Deich saß, fiel es mir auf: natürlich wegen des Seehundforschers. Wer fährt schon nachts zur Bill raus, um dort Seehunde zu erforschen, wenn sie bei Tageslicht auch zu beobachten sind? Gut, für einen Biologen waren solche Aktionen vielleicht gar nicht so außergewöhnlich; Luchsforscher verbringen in der Schweiz auch Stunden, Tage und Wochen freiwillig im Schnee, um Luchse aufzuspüren. Was mir jedoch viel verdächtiger vorkam, war die Tatsache, dass der Seehundfreund ganz ohne Gepäck unterwegs gewesen war. Keine Tasche und kein Rucksack, in dem er Nachtsichtgerät, Fernglas, Suchscheinwerfer, oder was sonst halt noch so für nächtliche Beobachtungen vonnöten ist, hätte transportieren können. Ich traute diesem Mann ganz und gar nicht.

Mich packte die Neugierde, und ich sah auf die Uhr. Viertel vor elf. Möglich, dass das Zimmer des Biologen noch nicht gereinigt war – ich musste sofort zum «Sünnschien» zurück. Dort hob Alenka jedoch abwehrend die Hände, als ich sie in meinen Plan einweihte.

«Du kannst doch nicht das Zimmer eines Gastes durchstöbern», rief sie entrüstet und führte an, dass es sie den Job kosten würde, wenn jemand davon erführe, dass sie dem Bruch der Privatsphäre und der Spionage freie Hand biete.

«Der Typ ist nicht koscher», entgegnete ich, doch vernünftige Gründe für meinen Verdacht konnte ich nicht angeben (außer einer ungesunden Fixierung zwecks Verdrängung meines Liebeskummers, aber das war kein vernünftiger Grund).

Die Sache erledigte sich insofern, als das Zimmer des Seehundforschers («Bernd Timmer heißt er», sagte Alenka) bereits von einer Kollegin gereinigt worden war. Also hieß es warten bis morgen.

Die Nacht verbrachte ich erneut im «Sünnschien», erstens weil mir eine Alternative fehlte – es war Hochsaison auf Juist, daher waren alle Übernachtungsmöglichkeiten belegt –, und zweitens, weil ich sehen wollte, ob Timmer wieder beabsichtigte, einen Ausflug zu machen.

Das tat er. Seine Zimmertür, die leicht quietschte, gab gegen Viertel nach elf Laut. Ich hörte seine sachten Schritte auf dem Teppich im Korridor und das leise Knarren der alten Stiege.

«Du willst ihm wirklich folgen?», fragte Alenka mich ängstlich, als ich meine Jacke anzog.

«Klar», antwortete ich und sagte verschwörerisch: «Wenn ich in drei Stunden nicht zurück bin, ruf die Polizei!»

Ob ich übergeschnappt sei, wollte Alenka halb belustigt, halb verzweifelt wissen: «Erstens schlummere ich in drei Stunden wie ein Stein, und zweitens sind wir hier auf Juist und nicht in Chicago. Um diese Zeit schläft der Inselpolizist!»

Bis ins Dorf Loog folgte ich Timmer in großem Abstand. Wollte er wieder zur Bill raus, hatte er sowieso keine

Möglichkeit, mich abzuhängen. Ich konnte ihm also einen Vorsprung lassen und holte erst nach mehreren Kilometern, westlich des Wäldchens, so weit auf, dass ich seine dunkle Silhouette auf dem Weg vor mir ausmachen konnte. Timmer fuhr ohne Licht. Und ohne Gepäck. Der Wind hatte zugelegt und blies mir entgegen.

Die Nacht war voller eigenartiger Geräusche, die allesamt nicht sehr vertrauenerweckend klangen. Ich lauschte in die Ferne, ob vielleicht irgendwo Seehunde brüllten – was die Aktion des Forschers vielleicht gerechtfertigt hätte, hier herauszufahren – doch Säugetiere waren nicht zu hören, nur Vögel.

In der Domäne Bill, tagsüber ein beliebtes Ausflugsziel, nachts ein großes finsteres Gebäude vor dem Nachthimmel, brannte kein einziges Licht. Wahrscheinlich schliefen die Bewohner bereits. Eine Jever-Flagge knatterte im Wind, als wollte sie damit den Soundtrack zur garstigen Einsamkeit von sich geben. Timmer ließ das Gehöft hinter sich und fuhr weiter auf dem Deich, auf einen geräumigen Schuppen am Ende des Weges zu. Dort war früher ein Rettungsboot deponiert gewesen, um auf dem Billriff in Seenot Geratene zu retten. Dieses Stück Weg war für mich eine Herausforderung, da es keinerlei Deckung gab, in die ich mich im Notfall hätte schlagen können. Mir blieb nichts anderes übrig, als darauf zu vertrauen, dass sich der Beschattete nicht umdrehte.

Neben dem ehemaligen Rettungsschuppen stand eine Art Geländer aus Holz am Weg, die es überall dort gibt, wo ein Fahrradweg zu Ende ist, um zu signalisieren: Ab hier nur noch zu Fuß.

Solche Regeln zählen nachts nicht. Selbstverständlich

blieb Timmer auf dem Sattel sitzen, bog nach links ab und fuhr weiter, bis der Weg in den Strand mündete und ein Weiterkommen per Rad auf dem Sand nicht mehr möglich war.

Mein Puls raste. Was, wenn der drahtige Gast des «Sünnschien» wirklich bloß mit dem Nachtsichtgerät seine Schützlinge beobachten wollte und mich beim Nachspionieren ertappen würde? Peinlich. Was hätte ich ihm sagen sollen: «Du bist zur gleichen Zeit wie diese Berlinerin aufgetaucht, deshalb stehst du bei mir unter Generalverdacht, und sowieso brauchte ich etwas, um mich abzulenken?»

Das könnte eine ungemütliche Situation werden. Wenn er aber wirklich irgendwas Illegales im Schilde führte und sich dabei nicht gern stören ließ – dann wäre es vielmehr gefährlich.

Während sich in meinem Hirn mein eitles und mein ängstliches Ich wilde Gefechte lieferten, welche Version die schlimmere sei, ging Timmer zu Fuß durch den Sand weiter, die Dünen entlang. Plötzlich blieb er stehen und sah sich um. Ich duckte mich. Obwohl der Wind genügend Geräusche verursachte, dass ich den Atem eigentlich nicht hätte anhalten müssen, erstarrte ich vollends. Vor Schreck fürchtete ich eine Sekunde lang, mein Herz könnte vergessen zu schlagen und mich ins Jenseits befördern; aber es schlug jetzt noch wilder.

Nach ein paar Sekunden ging Timmer weiter, hastig, wie ich glaubte. Zielstrebig steuerte er auf einen Haufen Müll zu, der wie ein nächtliches Mahnmal menschlicher Spuren in der Natur dunkel im Sand lag. Gummihandschuhe, Stücke von Fischernetzen, Plastikfetzen und zwei oder drei Kanister. Strandgut halt, das ein herzensguter Naturschützer wohl vom Sand gepickt und zusammengetragen hatte. Entschlossen stapelte Bernd den Müll auf die Seite und zog eine Plastiktüte aus dem feuchten Sand darunter hervor. Wieder hielt ich den Atem an.

Die Tüte war durchsichtig, und im Schein des Mondlichtes konnte ich kleine Briefchen darin erkennen. Befremdet nahm ich davon Kenntnis: Offensichtlich machte sich hier einer nicht einmal die Mühe, das Zeug in Handcremedosen oder Suppenbeuteln oder sonst was zu verstecken. Ehe es in Bernds Jackentasche verschwand, lag es so offen in seiner Hand, dass sogar bei Dunkelheit zu erkennen war, worum es sich handelte, selbst von einem Mädchen aus den Bergen, das außer Fernsehkrimis noch nie im Leben einem Verbrechen begegnet war: Drogen. Weißes Pulver war es, Kokain oder so, keine Ahnung, jedenfalls Drogen.

Das war also der Grund, wieso der Seehundforscher nachts zum Billriff kam. Nicht Seehunde, sondern Drogen. Und um zu ahnen, welche Rolle Jann am Ende dieser Kette spielte, respektive die Eisdiele, dazu musste ich nicht Kriminalistik studiert haben. Und ich hatte immer geglaubt, das Geld, mit dem er seinen aufwendigen Lebensstil finanzierte, stamme von seinem Vater!

«Na, fertig gestartet?»

Vor Schreck wäre ich beinahe tot umgefallen. Timmer hatte sich umgedreht und blickte geradeaus zu mir. Ertappt. «Was machst du hier?» Ich erkannte nicht, ob Angst oder Aggression in seinem Gesicht stand. Dass das dunkle, mattglänzende Ding, das er aus seiner Jackentasche zog, eine Pistole war, erkannte ich hingegen sehr wohl. Ich schnappte nach Luft. Wollte etwas sagen, irgendwas Zeitschindendes, etwas mit Hand und Fuß, das die Situation hier retten konnte, aber so sehr ich auch überlegte, im Moment kam mir schlichtweg nichts Passendes in den Sinn.

«Was du hier machst, will ich wissen», wiederholte er lauernd. Es war unangenehm, dass sein Gesicht im Mondschatten lag. Ich sah nur seine Silhouette – seine drahtige Figur in der Helly-Hansen-Jacke und die schwere Pistole in seiner sehnigen Hand.

«Cool bleiben, Bernd», sagte ich mit möglichst ruhiger Stimme, nachdem mein Hirn sich halbwegs der Situation angepasst hatte. «Ich bin nicht gekommen, um dich zu verraten, sondern …»

«Sondern was?», fragte er, immer noch lauernd. Gute Frage. Wenn ich das nur wüsste, dachte ich. Was erzählte ich hier eigentlich?

«Sondern, um dich zu warnen», kam mir die Lösung plötzlich in den Sinn. «Wegen Jann. Du weißt wohl nicht, wer sein Vetter ist?»

«Nein», gab er zu.

«Siehst du. Da muss man eben Einheimische fragen», bluffte ich, während mein Schweizer Akzent übers Billriff schepperte wie eine Kuhglocke um den Hals eines Seehundes.

«Man hört's», war seine Antwort.

«Der Dorfpolizist», verriet ich unbeirrt. Atemlos erläuterte ich Bernd die verwandtschaftlichen Beziehungen der halben Insel und die eine oder andere schlechte Charaktereigenschaft von Jann, als würde davon mein Leben abhängen. Vielleicht tat es das ja auch, wer weiß denn so genau, wozu ertappte, bewaffnete Männer an einem nächtlichen Strand fähig sind.

Ich fabulierte wild drauflos, erzählte von einem Zivilfahnder aus Aurich, den ich kürzlich in unserer Eisdiele bedient hätte, und schreckte nicht einmal davor zurück, Janns neuer Bettgefährtin eine Polizeilaufbahn beim Berliner Drogendezernat anzudichten. Noch nie in meinem Leben hatte ich so viel zusammengelogen, aber Not macht bekanntlich erfinderisch.

Irgendwann steckte Bernd seine Pistole weg, und noch später hatte ich ihn überzeugt, meinen Exfreund als Endverkäufer aus der Handelskette zu entlassen. Und stattdessen meine Hilfe in Anspruch zu nehmen. Es würde mir ein Leichtes sein, Janns Kunden ausfindig zu machen und in Zukunft selber zu beliefern.

Als Bernd und ich das Billriff schließlich verließen, hatten wir uns schon beinahe angefreundet. Bevor wir die ersten Häuser des nachtschlafenden Dorfes Loog erreichten, bremste er brüsk ab.

«Was ist los?», fragte ich.

«Ich gebe dir zehn Minuten Vorsprung. Du beabsichtigst wohl nicht im Ernst, zusammen mit mir ins ‹Sünnschien› zurückzukehren.»

«Wieso nicht? Ist es etwas so Besonderes, wenn ein Mann und eine Frau nachts gemeinsam unterwegs sind?» Ich reagierte schon fast beleidigt, fuhr aber dann doch vor, stellte das Rad ab und verzog mich zu Alenka ins Zimmer. Gott sei Dank, sie schlief tief und fest, und die Polizei hatte sie auch nicht benachrichtigt, obwohl ich doch ziemlich lange fort gewesen war. Meine Freundin schien mich nicht ganz ernst zu nehmen. – Zehn Minuten später hörte ich die Treppe unter Timmers Füßen leise knarren.

Inzwischen ist Bernd wieder zurück in Hamburg, an der Uni, und erforscht seine Seehunde. Ich habe seinen Part, die Lieferung der Ware von der Bill zum Dorf, übernommen. Vor lauter Radfahren sind meine Waden schon ganz stramm geworden. Der Part von Jann ist ebenfalls meine Sache. Schließlich fällt auf diese Weise ein Zwischenhändler weg, das ist lukrativer für mich.

Der Segler, der die Ware jeweils am Dünenrand versteckt, arbeitet zuverlässig. Ich weiß nicht genau, wer er ist, und ich will es auch gar nicht wissen. Ich kenne das Konto, auf das ich die Zahlungen für die Lieferungen tätige. Das reicht. Dass ich auch die Straße in Zürich kenne, an der der Hauptsitz der entsprechenden Bank liegt, wäre gar nicht nötig gewesen.

In der Eisdiele deale ich nicht mehr mit Eis. Dieses Feld habe ich Jann überlassen. Er hat Bernd übrigens die Geschichte von der Verhaftung des Seglers erstaunlich schnell abgenommen. Der tote Briefkasten für die weißen Briefchen befindet sich nun an einem anderen Ort.

Es war auch nicht sonderlich schwierig, Janns Kunden ausfindig zu machen und zu übernehmen. Ich sagte ihnen, dass Jann die Seite habe wechseln wollen, und Kollaborateure können Drogenkonsumenten normalerweise nicht leiden. Keiner kam also auf die Idee, bei Jann nachzufragen, sondern sie wichen ihm aus und mieden seine Gesellschaft. Wie hat schon Julius Cäsar gesagt: Divide et impera, teile und herrsche!

Mittlerweile habe ich von Frau Janssen eine hübsche Zweizimmer-Personalwohnung genommen. Mehr brauch ich ja nicht.

Jann hat Mühe, die Eisdiele aufrechtzuerhalten. Nur mit gefrorener Sahne, so ganz ohne Nebenverdienst, ist das Leben harzig. Nichts mehr mit den regelmäßigen Designerklamotten-Importen vom Festland. Jann kann sich nicht einmal mehr seine Tussi leisten. Sie ist zurück nach Berlin gefahren, mitsamt ihren Möpsen.

Ich halte Abstand zu Jann, von dessen Drogengeschäften ich selbstverständlich nie einen blassen Schimmer hatte. Ich brauche keinen Mann. Übermorgen fahre ich nach Hamburg zu Bernd. Ich freue mich. Seehunde haben mich schon immer interessiert.

Warum Heinrich und Harry keine Freunde werden konnten

Ah, was für ein Gefühl. Heinrich lag in warmem Salzwasser und spürte, wie die Entspannung durch seinen ganzen Körper floss. Ganz sachte, wie in Zeitlupe, pumpte das Blut die wohlige Wärme bis in die Zehenspitzen. Das war es, was er genoss und worauf er sich gefreut hatte, seit ihm sein Hausarzt diese Kur verschrieben hatte. Diese Empfindung des absoluten Entspannens, des Loslassens, dazu die frische Luft, das Meer und der Austausch mit anderen Kurgästen auf Norderney, die neben Familien- und Klubtouristen glücklicherweise reichlich vorhanden waren.

Heinrich kniff die Augen zusammen und tauchte den Kopf unter Wasser. Das Salz brannte auf den Lippen. Als er wieder auftauchte, zeigte ihm ein kurzer Blick auf die Uhr an der Wand, dass er noch mehr als genug Zeit hatte – das Kurbad schloss erst in einer Stunde.

«Heute Abend entern wir die City», prophezeite Harry und zog eine grimmige Miene wie ein Pirat. Damit brachte er Andreas und Kai, mit denen er die Fähre verließ, zum Lachen. Es würde nur ein kurzer Ausflug werden nach Norderney – Freitagnachmittag bis Sonntagnachmittag, mehr Zeit war nicht. Und innerhalb dieser achtundvierzig Stunden, das hatten die drei sich vorgenommen, würden sie nichts anbrennen lassen und all das tun, was ihnen zu Hause nicht möglich war – eingeklemmt zwischen den Pflichten und Sorgen des Alltags.

NORDERNEY

«Ah, was für ein Gefühl», sagte Andreas und schaute sich um. Kai hatte bereits eine Gruppe von rund einem Dutzend Mädels erblickt und hielt auf sie zu.

«Mann, der kann's kaum erwarten», grinste Harry und schloss sich ihm an.

Heinrich stemmte sich langsam aus dem warmen Salzwasser auf den Bassinrand. Sein graues Haar triefte. Er war nicht mehr der Jüngste, ein Speckgürtel um Bauch und Hüfte hatte sich schon vor Jahren angesetzt und wurde allmählich breiter. Wenn er allerdings die anderen Gäste in seinem Alter um sich herum begutachtete, konnte er durchaus mit sich zufrieden sein. Seine Haut war braungebrannt und nicht allzu faltig, sein Haar zwar schütter, aber noch vorhanden, und seine markanten Augenbrauen verliehen ihm etwas Reifes, Seriöses. Und wenn sein Asthma, das ihn seit Kindestagen immer wieder plagte, überhaupt sein Gutes hatte, dann die Kuren auf Norderney. Seit er in Rente war, kam Heinrich dreimal jährlich hierher und ließ es sich gutgehen. Es war die klare, salzdurchsetzte und nahezu pollenfreie Luft, die nicht nur seinen Atemwegen zu einer Pause verhalf.

Heinrich legte sich auf einen Liegestuhl in der Nähe des Bassins und schloss die Augen. Aber nicht vollständig – durch den schmalen verbliebenen Spalt beobachtete er zwei junge Frauen, die ihre Bahnen schwammen. Anmutige Bewegungen, grazile Körper. Nein, beklagen konnte Heinrich sich nicht. Er hatte es schön hier – einziger Wermutstropfen war, dass sein Kuraufenthalt sich bereits dem Ende zuneigte.

Harry, Kai und Andreas waren mit dem Bus bis zum Conversationshaus gefahren. Bevor sie zu ihrer Pension gingen, wollten sie einen Blick in die Fußgängerzone werfen. «Die Jagdgründe erkunden», hatte Harry gesagt und zotig gelacht. Für ihn war der Fall klar: Etwas anderes als Frauen interessierte ihn auf Norderney nicht. Seit er mit dem Dartsclub Amicitia vor zwei Jahren erstmals auf die bevölkerungs- und gästereichste ostfriesische Insel gekommen war, hatte er seine Besuche schon über ein halbes Dutzend Mal wiederholt. «Reisen für echte Kerle» nannte er seine Ausflüge, die er jeweils mit einem bis drei Kumpels antrat. Kai war schon mehrere Male mitgekommen: ein kampferprobter und erfahrener Norderney-Jäger. Andreas hingegen war das erste Mal dabei, und Harry war sich nicht sicher, ob es eine gute Entscheidung gewesen war, ihn mitzunehmen: Andreas hatte schon auf der Fähre nur drei Flaschen Bier getrunken und mindestens zwei SMS an seine Freundin geschrieben.

Kneipen, Souvenir- und andere Läden säumten die Fußgängerzone zu beiden Seiten. Es waren viele Leute unterwegs. Harry strahlte über sein rundliches, von hellblondem Haar eingerahmtes Gesicht und knuffte Kai jedes Mal in die Seite, wenn ein weibliches Wesen vorbeiging, das er als sehenswert empfand.

Vierundzwanzig Stunden später hatte sich nichts verändert. Heinrich hatte es sich im Badehaus gutgehen lassen und danach ausgiebig geduscht, bevor er die stimmungsvolle Wärme verließ. Der Wind griff in seine hellblaue Baumwolljacke und trug den Geruch von Pommesöl von irgendwo aus der Stadt zu ihm hin. Auf dem kurzgeschnittenen Rasen vor dem Conversationshaus pickten Tauben und Möwen Brosamen der Gäste auf. Heinrich bog in die Poststraße ein und machte sich auf den Weg zu seinem Hotel, das unweit des Strands in der Bismarckstraße lag. Vor dem alten Postgebäude, das aus dem Jahr 1892 stammte, überfiel ihn der Hunger. An Restaurants und Imbissbuden mangelte es hier ja nicht, aber Heinrich fragte sich, ob er sofort etwas essen oder doch lieber bis zum Abendbrot warten sollte. Er schaute an sich herunter. Was ihm zwischen Brust und Hosenbund hing, hätte eigentlich darauf hindeuten müssen, dass das bevorstehende Nachtessen im Hotel ausreichen musste. Aber er zog den Bauch ein und steuerte einen Schnellimbiss an. Im Eingang zu dem speckigen, von weißen Neonröhren beleuchteten Imbiss stieß er beinahe mit drei jungen Männern zusammen. Sie hatten ihre sechs Augen einer Schönheit weiblichen Geschlechts zugewandt und deshalb nicht auf den Weg geachtet.

«He, passt doch auf! Frechheit das», schimpfte Heinrich, nachdem er vom Vordersten der drei unsanft angerempelt und in einen Ansichtskartenständer gestoßen worden war, sodass er sich den Ellenbogen anschlug. Er musterte sie und ordnete sie allesamt dem Typ Arbeiter zu; breitschultrig, große Hände, allgemein massige Erscheinung.

«Mach doch selber die Augen auf, Alter!», war die Antwort des Vordermanns, der vom Alter her mühelos sein Sohn hätte sein können. Oder eher sein Enkel.

Andreas legte Harry die Hand auf die Schulter: «Lass ihn doch», sagte er und vergewisserte sich mit einem unauffälligen Seitenblick, ob Heinrich sich verletzt hatte.

Doch dies schien nicht der Fall zu sein: Der Mann, den Harry soeben seitwärts aus der Bahn befördert hatte, schimpfte zwar wie ein Rohrspatz, schien aber körperlich unversehrt.

«Glaubst du, ich lass mich von dem Knacker anmotzen?», herrschte Harry seinen Kumpel an, sodass dieser lieber nichts mehr sagte. «Memme», dachte Kai, und: «Idioten.» Damit meinte er sowohl den Alten als auch seine beiden Freunde.

Während Heinrich sich demonstrativ den Ellbogen rieb, setzte Harry nochmals zu einer Fluchtirade an, brach dann aber abrupt ab und sagte: «Siehst du, du Nuss, wegen dir haben wir die Tussi aus den Augen verloren.»

Heinrichs Appetit auf Bockwurst oder Pommes war vergangen. Das hatte er nun davon, dass er sich hatte dazu verleiten lassen, auf eine solch kulturlose Art Essen zu sich nehmen zu wollen. Lieber würde er aufs Abendbrot warten und danach Mathilde auf ein Glas Wein einladen.

Mathilde ging ihm nicht mehr aus dem Kopf. Mit ihr musste er langsam Nägel mit Köpfen machen, wollte er es vor seiner Abreise am Sonntagnachmittag noch bis zum Kurschatten schaffen.

Nun begann die Zeit allmählich zu rasen. Nur noch ein einziger Abend blieb ihm, und Mathilde hatte ihm eigentlich klar genug signalisiert, dass sie heute Abend darauf wartete, von ihm abgeholt zu werden.

Als Heinrich in die Hotellounge trat, kam ihm, mit hochgesteckter Frisur und schillernder Brosche an der hell-

 **NORDERNEY**

blauen Bluse, seine Verehrerin entgegen. Frau Kruse. Nicht Mathilde.

«Ach, Herr Kaiser. Wie schön, dass ich Sie hier treffe. Heute Abend ist Skatturnier. Möchten Sie mein Begleiter sein?»

Einen kurzen Moment lang war Heinrich hin und her gerissen. Wie war das doch gleich mit dem Spatz in der Hand und der Taube auf dem Dach? Wie war das mit seinen Ambitionen als Kurschatten und seiner amourösen Flaute zu Hause in Hessen? Noch während er überlegte, klingelte Frau Kruses Mobiltelefon, und Sekunden später erzählte sie ihrer Tochter jedes Detail des vergangenen Tages.

Heinrich fasste einen Entschluss. Gegen Frau Kruse, für Mathilde. Skat mochte er sowieso nicht – ein gepflegter Drink mit Blick auf den Sonnenuntergang im Café Marienhöhe war da schon eher nach seinem Geschmack.

Zwei Austernfischer trippelten geschäftig im Spülsaum hin und her. Ihre Silhouetten hoben sich vor dem orange glitzernden Wasser ab. Zwischen Buhne B und Buhne C, die ihre steinernen Finger in die Nordsee reckten, lag am Horizont der schmale Sandstreifen Juists, und rechts davon näherte sich der lodernde Feuerball Sonne langsam dem Meer.

All das war schön: Mathilde genoss den Ausblick. Heinrich seinerseits genoss vor allem den Ausblick auf Mathilde. Seit langem hatte ihn keine Frau mehr so aus dem Konzept gebracht wie sie. Immer wieder vergaß er den zweiten Teil eines Satzes, den er bereits begonnen hatte, und dann flüchtete er sich in stumpfsinnige Floskeln oder verstummte hilflos für ein paar Sekunden ganz. Heinrich war irritiert. Geschah das nur, weil er einfach mal wieder einer Frau an die Wäsche wollte, ohne dafür bezahlen zu müssen? Oder war es etwas anderes – etwas, das er seit seiner Exfrau nicht mehr gefühlt hatte, vielleicht noch nicht einmal bei ihr?

Jedenfalls wusste er instinktiv, dass er sich um sie bemühen musste. Denn Mathilde ließ sich nicht von einfachem Geschwätz beeindrucken. Mathilde war klug und schön und selbstsicher. Wieso hatte Heinrich sich ausgerechnet in sie vergucken müssen?

«Wusstest du, dass bereits der große Dichter Heinrich Heine im Café Marienhöhe saß und auf das Meer hinausblickte?», fragte Heinrich.

«Dein Namensvetter?», entgegnete Mathilde belustigt. Schon wieder war er aus dem Konzept geraten und brauchte einen Moment, bis ihm das Gedicht wieder in den Sinn kam, das er vorhin noch auswendig gelernt hatte – im Bewusstsein, dass Sprücheklopfen Mathilde nicht beeindrucken würde.

«Ja, genau. ‹Das Meer erglänzte weit hinaus im letzten Abendscheine; wir saßen am einsamen Fischerhaus, wir saßen stumm und alleine. Der Nebel stieg, das Wasser schwoll, die Möwe flog hin und wieder; aus deinen Augen, liebevoll, fielen die Tränen nieder.›»

«Schön», zwitscherte Mathilde und lächelte Heinrich an. Ein paar kurze Sekunden wiegte sie ihn in einem Glücksgefühl, bis sich ihr Lächeln zu einem Grinsen verbreiterte und sie hinzufügte: «Und weißt du, was der große Dichter über die Norderneyer schrieb? Die ‹Eingeborenen› seien meistens ‹blutarm›, hielt er fest, und: ‹Die

Tugend der Insulanerinnen wird durch ihre Hässlichkeit und gar besonders durch ihren Fischgeruch, der mir wenigstens unerträglich war, vorderhand geschützt …›»

Ihr Lachen klang hell – wie ein Glockenschlag. Heinrich konnte nicht mitlachen. Ihm war, als würde Mathilde ihn verspotten.

Die rhythmischen Schläge waren ohrenbetäubend und wummerten wie ein viel zu schneller Herzschlag in die Magengrube. Harry, Kai und Andreas saßen bereits in der dritten Kneipe dieses Abends. Während draußen frischer Seewind durch die Straßen blies, stand in der «Fischerkate», die sie nach dem «Inselkeller» und nach dem «Klabautermann» betreten hatten, die Luft zum Schneiden dick. Seit das Rauchen in einzelnen Lokalen wieder erlaubt war, gefielen Harry die Kneipenabende auch wieder besser. Das elende Pendeln zwischen Bar und unbedientem Raucherraum oder draußen war wieder Vergangenheit – und mit ihm die unangenehmen Erfahrungen. Denn kam man an die Bar zurück, hatte sich oft irgendein anderer, selbstverständlich ein Nichtraucher, die Schöne gekrallt.

«Du kommst nicht wirklich auf Touren», witzelte Kai und knuffte Andreas in die Seite. Sie hatten sich soeben darüber unterhalten, wie die eine oder andere Besucherin ohne Kleidung aussehen dürfte und waren sich in ihren Urteilen nicht ganz einig.

«Ich nehm die Blonde mit dem tiefen Ausschnitt», kündigte Harry an. «Und ich krieg ihre brünette Freundin mit den nachgezogenen Augenbrauen», wetteiferte Kai mit. Andreas hätte ihnen am liebsten gesagt, sie benähmen sich schlimmer als auf dem Viehmarkt, aber er ließ es bleiben. «Selber schuld», dachte er sich. Eigentlich hätte er wissen müssen, worauf seine beiden Kumpels aus waren. Und wenn er ehrlich war, wusste er, dass er sich ihnen normalerweise, ohne zu zögern, angeschlossen hätte, hätte er sich nicht nach wochenlangem Streit mit seiner Freundin wieder versöhnt und gerade einen Neuanfang gewagt.

Als Harrys Auserwählte ihn jedoch eiskalt abblitzen ließ, nachdem er mehr als eine Stunde lang um sie gebalzt hatte, musste Andreas innerlich grinsen. Harry hingegen fand seinen Misserfolg alles andere als lustig. Die Intervalle zwischen den einzelnen Pils-Bestellungen wurden kürzer, seine Miene gleichzeitig finsterer. Hätten Kai und Andreas mitgezogen, wäre Harry auf der Stelle ausgerückt und zur bewaffneten Jagd übergegangen. So aber soff er sich bloß die Hucke voll.

«Das war ein angenehmer Abend mit dir, Heinrich», sagte Mathilde, als sie das Café Marienhöhe verließen. Sie hakte sich bei ihm unter. Auch er hatte den Abend genossen. Seinem Ziel, Mathildes Herz zu erobern, fühlte er sich einen entscheidenden Schritt näher. Das Gefühl, das sich seiner in Mathildes Gegenwart bemächtigte, machte ihn glücklich. Es war nicht nur Lust, sondern mehr. Sie gingen die Strandpromenade entlang und lauschten dem Rauschen der Wellen, die ans Deckwerk brandeten. Es tönte, als würde das Meer in tiefen, ruhigen Zügen atmen.

Doch der Frieden währte nicht lange. Schon nach wenigen Minuten wurden Heinrichs Glückshormone, die sich in seinem Körper tummelten, von einem hinterhältigen Schwall Adrenalin weggespült: Von der Stadt her näherten sich drei Gestalten, die ihm nur allzu bekannt waren.

«Haut ab, ihr kleinen Hosenscheißer», murmelte er giftig. Mit einer Mischung aus Entsetzen und Belustigung schaute Mathilde ihn an: «Gibt's ein Problem, Heinrich?»

Er kam nicht dazu zu antworten, denn inzwischen hatten auch Harry, Kai und Andreas ihn entdeckt. Harry setzte das breiteste Grinsen auf, das zwischen seinen Wangenknochen Platz fand, und rief: «Na, Macho, war die Jagd erfolgreich?»

Wie verdammt schwierig es war, in einer solchen Situation ein Gentleman zu bleiben! Eigentlich hatte Heinrich sich vorgenommen, in Begleitung einer Dame niemals ausfällig zu werden, aber der folgende Satz rutschte ihm über die Lippen, ohne dass sein Verstand ihn daran hätte hindern können: «Ja, offenbar, im Gegensatz zu euch, ihr Schlappschwänze.»

Der alte Idiot hatte den Nagel auf den Kopf getroffen. Das war es, was Harry am wütendsten machte: Dass dieser Typ sich wirklich eine Frau geangelt hatte – die, so nebenbei gesagt, für ihr Alter noch recht gut erhalten war –, während er immer noch fraulos durch Norderney zog. An mehreren Orten hatten sie es versucht und offenbar nie die richtige Masche aufgelegt, um ihre weiblichen Objekte der Begierde zu überzeugen. Bei Sensiblen waren sie zu machohaft aufgetreten, bei jenen, die schnell zu vielem bereit gewesen wären, hatten sie ihren Kredit mit Labern verspielt, bei Seriösen waren sie zu witzig gewesen und bei Ulknudeln zu cool. Mann, war das schwierig. Bereits am Abend zuvor war ihnen das Glück nicht hold gewesen, und sie waren ohne Begleitung in ihre Pension zurückgekehrt. Und nun kam dieser alte Sack daher, der schon am Nachmittag genervt hatte, und er hatte eine. Verdammt.

Die Passanten blieben stehen, als sich die Männer auf der Strandpromenade immer wüstere Wörter an den Kopf warfen. Heinrichs vernünftige Ader, die eine Eskalation in Anwesenheit einer Dame verhindern wollte, hatte schon lange eingepackt und war geflohen. Genau wie die Dame selber. Dies fiel Heinrich allerdings erst nach einer Weile auf, und da sah er sie gerade noch um eine Ecke biegen. In Richtung ihres Hotels. Das war der Moment, in dem er sich vergaß und Harry die Faust ins Gesicht schlug.

Der Streifenwagen, der fünfhundert Meter weiter südlich im Schritttempo über die Strandpromenade fuhr, schaltete das Blaulicht an und war kurz darauf am Tatort. Ein paar Passanten hatten die Streithähne bereits getrennt, so gut es eben ging, doch Heinrich und Harry tobten weiter. Eine untersetzte Mittvierzigerin, die offenbar die Ordnungshüter herbeitelefoniert hatte, gab unaufgefordert eine Beschreibung des Tatvorgangs ab: «Sie gingen aufeinander los und fluchten. Die schlimmsten Wörter, die ich je gehört habe, glauben Sie mir. Wahrscheinlich hätten sie sich die Augen ausgekratzt, wenn man sie nicht getrennt hätte.»

Wachtmeister Ulrichs schob die Frau sanft beiseite und musterte die Streithähne. Er kannte das: zu viel Zeit für dumme Gedanken, zu viel Alkohol, zu hoher Testosteronspiegel, und schon gingen Vertreter rivalisierender

Gruppen aufeinander los. «Wer hat angefangen?», fragte er.

«Der da!», keuchten Heinrich und Harry wie aus einem Munde und zeigten mit dem Finger auf den jeweils anderen. Ulrichs schmunzelte. Auch das kannte er.

«Kommen Sie mit auf die Wache. Es ist nicht weit von hier», sagte er. Sein Ton war freundlich, duldete aber keinen Widerspruch.

«Sie sollten kuren, sich nicht prügeln», hatten die Polizisten Heinrich mit auf den Weg gegeben, bevor sie ihn in die dunkle Norderneyer Nacht entlassen hatten. Der Wind pfiff durch die Straßen. Vom Meer her war das gleichmäßige Rauschen der Wellen zu hören – dasselbe Geräusch wie Stunden zuvor, doch Heinrich nahm es nicht mehr wahr. Seine Mathilde war weg, und es war zu spät, um sie in ihrem Hotel noch aufzusuchen.

Er kochte vor Wut, doch es half alles nichts: Mathilde hatte die Flucht ergriffen, und seinen angestrebten Job als Kurschatten – mit Fortsetzung im Festlandsleben – war er los. Und morgen schon fuhr die Fähre zurück.

Kai und Andreas hatten Harry wieder so weit beruhigen können, dass er seine Mordgedanken gegenüber dem «alten Sack» begrub. Oder besser gesagt, ersäufte, denn Kai und Andreas schleppten Harry an den einzig sinnvollen Ort, um die erlittene Schmach und den Ärger über das Vorgefallene zu verdauen: eine Kneipe.

Als Heinrich am nächsten Morgen erwachte, lag noch die Nacht über der Stadt Norderney. Alles tat ihm weh –

das war also das Resultat von drei Wochen Kur. Ein übler Asthmaanfall hatte ihn mitten in der Nacht geweckt und geschüttelt, wahrscheinlich wegen der Aufregung.

Heinrich fühlte sich wie gerädert. Offenbar hatte dieser junge Idiot doch mehr zugelangt, als er im ersten Moment mitbekommen hatte.

Er wälzte sich unruhig hin und her, döste ein, schreckte wieder auf. Um halb sieben hielt er es nicht mehr aus, stand auf und begann, seine Sachen zu packen.

Später stand Heinrich auf der Strandpromenade und blinzelte ins gleißende Morgenlicht. Er fühlte sich elend. Die Möwen, die über ihn her flogen, ließen ein tiefes und hämisches Schreien hören, als würden sie ihn auslachen. Wehmütig dachte Heinrich zurück an seine Aufenthalte im Bad, an das warme Wasser, das seinen Körper verwöhnt hatte. Nun blieb ihm nur noch wenig Zeit auf dieser Insel, und die wollte er nutzen, um vielleicht doch noch geradezubiegen, was eigentlich nicht mehr geradezubiegen war.

Doch er hatte kein Glück: «Tut mir leid, sie hat das Hotel vor etwa zwanzig Minuten verlassen», sagte die Dame an der Rezeption entschuldigend und setzte ein freundliches Lächeln auf: «Soll ich ihr etwas ausrichten, wenn sie wiederkommt?»

«Ja, sagen Sie ihr einen herzlichen Gruß und Lebewohl», sagte Heinrich und verließ die Hotelhalle ohne ein weiteres Wort. Die Frage der Hotelangestellten, von wem sie diesen Gruß ausrichten dürfe, hörte er nicht mehr. Mathilde ade. Niemals hatte Heinrich erwartet, dass ihm eine Frau nochmals so den Kopf verdrehen konnte und dass er einer entgangenen Gelegenheit dermaßen nachtrauern könnte. Niedergeschmettert zottelte er zurück zu seinem eigenen Hotel, holte seine Sachen und stellte sich an die Busstation, um zum Hafen zu fahren.

Der Sonntagmorgen begann mit einem schweren Kopf und einem schalen Geschmack im Mund. Harry fühlte sich, als hätte ihn ein Trecker überfahren. Nicht nur wegen des Biers, das er sich am vergangenen Abend reichlich einverleibt hatte, sondern auch wegen des alten Sacks, der schuld war an seinem zerschlagenen Gesicht. Die Norderneyer Polizei war um zwei Strafanzeigen wegen Drohung und Körperverletzung reicher, und Harry wusste, dass dies keinen guten Einfluss auf seine Jobsuche haben würde.

Das Frühstücksbuffet in der kleinen Pension, in der die drei sich eingemietet hatten, war bereits abgeräumt, als sie die Treppe herunterkamen. Es hatte ohnehin keiner Appetit. Etwas Wasser aus dem Hahn, eine Kopfwehtablette und ein Schluck aus dem Flachmann: das Katerfrühstück für die drei geschlagenen Helden, vom Jagdpech verfolgt, an ihrem letzten Morgen auf Norderney.

In der Wartehalle am Fähranleger drängten sich die Menschen. Heute herrschte Hochbetrieb, denn in zwei großen Bundesländern gingen die Ferien zur Neige, und der Ansturm der braungebrannten Heimkehrer aufs Festland war groß. In der Gangway zur Autofähre «Frisia I» stauten sich die Menschen mit ihren Rollkoffern und Rucksäcken. Platz fanden alle. Der Wind frischte auf, und Möwen flogen kreischend um die Fähre, als die Motoren zu stampfen anfingen und das tonnenschwere Schiff langsam vom Ufer wegmanövrierten.

Heinrich stand an der Reling auf dem Oberdeck. Seine Augen suchten den Busparkplatz vor dem Fähranleger ab. Bis zum letzten Moment hatte er die Hoffnung nicht aufgegeben, Mathilde würde vielleicht doch noch kommen, mit wehendem Haar auf einem Leihfahrrad oder per Taxi. Würde schnellen Schrittes zur Fähre eilen, zur Reling hochsehen und Heinrich mit ihrer hellen Stimme, die den Motorenlärm zu übertönen versuchte, zum Aussteigen auffordern. Oder mindestens ihre Adresse rufen, damit sie in Kontakt bleiben konnten. Was nutzte ihm schon ihr Name und «Bayern» als einzige Koordinaten.

Doch Mathilde tauchte nicht auf. Sie hatte nicht kommen können oder nicht kommen wollen. Langsam drehte die Fähre bei und entfernte sich zügig vom Hafen.

Auf Deck hatten sich die Mitglieder eines Kegelclubs installiert und intonierten, jeder eine Flasche Bier in der Hand, einen Schlager von Udo Jürgens, den Udo Jürgens selber wohl kaum wiedererkannt hätte.

«Haltet die Schnauze!», schrie Heinrich die Männer entnervt an und erntete dafür nur höhnisches Gelächter.

«Mann, Alter, nimm's nicht so schwer. Man lebt nur einmal», sagte einer kumpelhaft und klopfte ihm auf die Schulter.

«Lass mich in Ruhe», bellte Heinrich zurück. Eine Sekunde später wurde er unsanft von hinten gepackt und herumgerissen. Er sah in das aufgeschwollene, blauunterlaufene Gesicht seines Widersachers Harry.

«Ah, hier bist du», sagte der Jüngere mit einem fiesen Grinsen, «wolltest dich aus dem Staub machen? Aber so einfach geht's nicht.»

NORDERNEY

«Lass mich in Frieden, du hast mir meinen Kuraufenthalt verdorben.»

«Gern geschehen. Dafür, dass ich wegen dir keinen Job finden werde, wirst du büßen.»

Heinrich wollte seinen Kontrahenten abschütteln, doch dieser hielt ihn am Hals fest. Und drückte zu.

Die Bierbrüder aus dem Kegelclub standen um die Streithähne und wussten nicht, ob sie sich über die absurde Situation amüsieren oder eingreifen sollten.

Heinrich japste und kriegte Harry schließlich am Kragen zu fassen. Er versuchte, ihn zu Boden zu winden, aber es gelang ihm nicht. Harrys Hände schlossen sich immer fester um seinen Hals. Endlich, nach unendlichen Sekunden, schien einer der Umstehenden den Ernst der Lage erfasst zu haben und wollte sie trennen. Doch Harry entzog sich ihm und drückte Heinrich an die Reling. Sie rangen miteinander wie wilde Tiere, und irgendwann verloren sie das Gleichgewicht – und stürzten über Bord.

Später konnte niemand sagen, wie genau es passiert war. Als Kai und Andreas mit drei neuen Bierflaschen in der Hand auf Deck zurückkamen, sahen sie nur noch die Füße ihres Freundes über Bord verschwinden, gemeinsam mit zwei fremden Füßen. Sie eilten zur Reling, starrten ins Wasser und mussten mit ansehen, wie der wütende Knäuel aus Harry und Heinrich unter den Rumpf gezogen wurde. «Rettungsring, schnell!», schrie Andreas, und ein anderer rief außer sich: «Motor abstellen!» Bis dieser Befehl auf der Brücke angekommen war und die Schiffsschrauben sich zu drehen aufhörten, war es allerdings schon zu spät.

«Das sieht ja aus wie ...», dachte Kai mit einer seltsamen Ruhe, bevor er sich übergeben musste.

Auf Deck herrschte eine Mischung aus Panik und Sensationslüsternheit. Ein Seenotkreuzer erreichte den Tatort nach wenigen Minuten, aber ausrichten konnte er nichts mehr. Danach kam das Polizeiboot.

Als die «Frisia I» nach einer gefühlten Ewigkeit endlich wieder ihre Motoren startete und weiterfuhr, war es still auf der Fähre. Totenstill. Schade nur, dass Heinrich das nicht mehr miterleben durfte.

Die langweiligste Insel der Welt

Guck mal, Jenny, die putzigen Seehunde», ruft eine beleibte Mittvierzigerin am Rande der Hysterie und lehnt sich weit über die Reling. Jenny, dünn und aufgebrezelt und das Gesicht voller Pubertätspickel unter einer dicken Schicht Abdeckcreme, wendet mit Verachtung den Blick in die Richtung, in die der Finger ihrer Mutter zeigt. «Wow», bemerkt sie müde, «die haben ja voll die Party auf der Sandbank.»

Bei dieser Bemerkung kann sich Aiko ein Lächeln nicht verkneifen. Nach einer Party sieht es nicht gerade aus, was die Seehunde am Ostende von Norderney tun. Eher wie Siesta, oder, wenn es hochkommt, eine Yogastunde oder die erste Lektion der Pantomimenschule: «Wie werde ich zur Banane.»

Kopf und Schwanzflossen in die Höhe liegen die Tiere nahe am Wasser, lassen sich die Sonne auf das Fell scheinen und warten darauf, dass die Nordsee ihre fetten Körper flutet.

«Ostfriesische Bananenplantage», hat ein Gast auf der Fähre den Anblick einmal betitelt und gelacht.

Wenn Aiko ehrlich ist, kann er sie alle nicht mehr riechen. Nicht gegen die Seehunde hat er etwas – die sind ihm so lang wie breit –, aber die Gäste gehen ihm auf den Geist. Vor allem jene, die sich auf der Baltrum-Fähre benehmen wie Kolumbus persönlich während der Entdeckung Amerikas: «Wow, hier die Seehunde!» – «Ist das links da Norderney?» – «Ach, guck mal, diese Möwen!»

Die Mütter mit ihren Jennys, die die Inseln mit gelangweilter Verachtung strafen, und all die anderen, die kommen auf der Suche nach Ruhe und den Insulanern dabei die ihrige stehlen.

Schon zweimal hat Aiko sich im Herbst geschworen, dass dies seine letzte Saison auf Baltrum gewesen ist und dass er sich definitiv nach einem Ort zum Leben umsehen will, wo es mehr Frieden gibt und weniger Touristen.

Irgendwie ist bei ihm etwas anders gelaufen als bei den übrigen Inselbewohnern, die die Gastfreundschaft bereits mit der Muttermilch aufgesogen zu haben scheinen. Aiko fühlt sich von den Touristen zunehmend belästigt, auch wenn er in seinem Leben noch nie woanders als in einem Ferienparadies gelebt hat, und auch wenn er, wie alle anderen, zumindest indirekt von den Touristen lebt. Er war schon mal weg, mit achtzehn, ein paar Wochen lang. Aber das hat dann irgendwie nicht geklappt, weil das Geld zu schnell durch seine Finger rann und er nicht aufgehört hat, sich Dinge zu leisten, als er schon längst das Geld der anderen ausgab.

Jennys Mama macht sich mit ihren dicken Wurstfingern, an denen opulente Ringe prangen, an einer Digitalkamera zu schaffen, fährt den Telezoom so weit wie möglich raus und holt damit die Seehunde so nah wie möglich ran. Ihre Begeisterung ebbt auch nach dem dreihundertsten Tier auf der Sandbank, an dem die Fähre vorübergleitet, nicht ab. Jenny hingegen hat sich ins Innere der Fähre zurückgezogen und sich eine Cola beschafft. Cola Zero selbstverständlich, wegen der Fettpolster um die Hüften. Mit siebzehn muss man auf solche Dinge achten.

Als die Fähre nach Steuerbord abdreht und in den Baltrumer Hafen einfährt, befindet sich die Mutter noch immer in einem Zustand der reinsten Verzückung. Aiko ist erleichtert, wieder zu Hause zu sein. Das Festland gefällt ihm nicht – noch weniger eigentlich als die Insel mit all ihren Touristen. Rein beruflich hat er außerhalb autofreier exotischer Flecken auf der Deutschlandkarte eher düstere Aussichten auf eine Karriere, dessen ist er sich bewusst: Aiko ist Kutscher, und wer braucht in der Republik denn schon noch Kutscher – außer Baltrum und Juist und ein halbes Dutzend Fußgängerzonen in fremdenverkehrsmanipulierten Städten?

Pferde mag Aiko, im Gegensatz zu Gästen. Denn bei den Pferden weiß er, woran er ist. Er kann sie mit einer winzigen, kaum spürbaren Bewegung der Zügel lenken, er kann sie zufriedenstellen mit einem Tätscheln oder einer Handvoll Belohnungswürfel, und er braucht mit ihnen keine hochtrabenden Diskussionen zu führen. Seine Kaltblüter sind genügsam und zufrieden – sie betrachten ihr Leben als ausgefüllt, wenn sie zwischendurch auf den Weiden grasen und das Hinterteil gegen den Wind stemmen können und wenn sie sich gegenseitig im Nacken nagen, während er mit Ent- und Beladen des Fuhrwerkes beschäftigt ist.

Aiko schließt sein Fahrrad auf und bahnt sich einen Weg durch das Chaos der ankommenden Gäste, abholenden Pensionswirte, Gepäckberge und Bollerwagen aus dem Hafengelände raus über die Straße zum Dorf. Als «die beschissenste Straße Baltrums» wird das Stück zwischen dem Hafen und dem Gezeitenhaus immer wieder bezeichnet, da es von den Hinterlassenschaften der Zugpferde gepflastert ist. Dohlen, die die unverdauten Haferkörner aus den plattgefahrenen Pferdeäpfeln picken, stieben empört auf, als Aiko auf sie zuhält.

Missmutig trottet Jenny hinter ihrer Mutter her, die glucksend vor Vergnügen einen Bollerwagen mit dem Gepäck hinter sich herzieht. Womit hat sie das bloß verdient: Ein endloses verlängertes Wochenende auf dieser stinklangweiligen Insel steht ihr bevor. Mit Mama und deren Schwester Hilde. Ihre Cousine Annina, deretwegen sie sich überhaupt bereit erklärt hat, einen Fuß auf Baltrum zu setzen, ist erkrankt und liegt mit einer schweren Erkältung im Bett. Und nun? Jenny allein in Begleitung zweier Erwachsener. Kann es etwas Schlimmeres geben? Das einzig Positive an dieser Insel sind die Pferde. Pferde mag Jenny immer noch, obwohl sie schon siebzehn ist.

Aiko zieht die frische salzige Seeluft durch die Nase, als er das Rad im Vorgarten abstellt. Heute würde er nicht mehr arbeiten müssen, dafür war es zu spät. Der Abend senkt sich bereits über die Insel. Er blickt in den Briefkasten, aber während der beiden Tage bei einem Kollegen auf dem Festland sind hier keine Neuigkeiten angeschwemmt worden, die wichtig gewesen wären. Ein Werbebrief und eine Zahlungsaufforderung, das ist alles, was man ihm zugesteht. Zwanzig Jahre und schon fünfzehn Zwangsvollstreckungen, das ist irgendwie zu viel.

Aiko blickt zum Fenster hinaus. Die Frühherbstsonne nähert sich hinter der Silhouette des Westdorfs langsam dem Horizont. Im Hintergrund, in gleißendem Licht, erhebt sich der Leuchtturm von Norderney.

Abends zieht es Aiko aus den eigenen vier Wänden. Nur noch ein Bier. Er holt sein Rad wieder aus dem Vorgarten. Obwohl die Entfernungen auf Baltrum nicht groß sind, ist er kaum zu Fuß unterwegs. Dies ist ein Privileg der Einheimischen: das Radfahren. Die Gäste hingegen sind Fußgänger – ein Transport von eigenen Fahrrädern auf die Insel ist unerwünscht, und ohne offiziellen Fahrradverleih bleiben die Gäste auf Rädern die Ausnahme. Immerhin das. Nachteil dieser Regelung ist allerdings, dass viele Touristen offenbar überhaupt nicht mit Rädern auf den Straßen rechnen und deshalb so kreuz und quer laufen wie Hühner im Hühnerhof. Als ob es nicht auch auf Baltrum Verkehrsregeln gäbe!

Aiko kurvt auf den Dorfplatz, von dem vier Straßen wegführen. Eine zum Strand, eine zur Kurverwaltung, eine zum Deich und eine ins Westdorf. Verschiedenfarbige Steine markieren eine Windrose. Vor dem Restaurant «Sturmeck» schließt er sein Fahrrad ab und betritt die Kneipe. Sie ist brechend voll. Er sieht sich um, grüßt ein paar Insulaner und verzieht sich in eine Ecke.

«Na, mal wieder auf Heimaturlaub?», begrüßt er Holger, der im letzten Jahr vor dem Abitur auf dem Festland steht und darum nur übers Wochenende auf der Insel zu Besuch ist.

«Mhmm. Und du? Warst auch in *Deutschland*, hab ich gehört?» Holger nippt an seinem Bier, während Aiko nickt.

«Wie war's?»

«Was denn?»

 BALTRUM

«Na, auf dem Festland.»

«Wie immer. Flach», antwortet Aiko und lacht, ist sich selber aber nicht ganz sicher, ob dies ein Witz war oder ein Wortspiel oder einfach nur dröger Ernst. Rechts neben der Bar hat sich eine Gruppe von Feriengästen formiert, ein bunter Haufen aus etwa einem Dutzend Leuten, die sich der Sangeskunst hingeben. Ohne sie zu beherrschen allerdings. «Junge, komm bald wieder» schmettern sie ebenso laut wie «Marmor, Stein und Eisen bricht».

Holger verdreht die Augen und sieht Aiko einen Moment lang bittend an, als könne dieser etwas gegen die akustische Umweltverschmutzung unternehmen. Dabei wissen sie beide: Jene Gäste sind kaum zu stoppen, die in ihrem Urlaub auf Teufel komm raus lustig sein wollen. Ohne Rücksicht auf Verluste.

«Es gibt auch die Netten!», sagt Silke im Vorbeigehen, so, als habe sie die Gedanken der beiden gelesen.

«Ah ja?», fragt Holger gereizt.

«Klar. Die Mehrheit. Die ist einfach nicht so laut, deshalb kriegt man sie weniger mit.» Dann verschwindet sie auf die Toilette.

Im Laufe des Abends gesellt sich eine Handvoll weiterer Baltrumer zu den beiden am Stehtisch, und Aikos miese Stimmung verfliegt. Wie angenehm es ist, für einen Moment zu vergessen, dass man ein Versager ist.

Ulrike, die eine kleine Pension im Ostdorf führt, erzählt von zwei Damen gesetzteren Alters mit sehr viel Edelmetall um die Finger, die zusammen mit einer jungen Göre, die bis über beide Ohren in der Pubertät steckt, eine Wohnung bezogen hätten.

«Das arme Küken versinkt vor Scham bei jeder Bewegung der beiden fast im Boden», sagt Ulrike und schmückt – der Alkohol stachelt dazu an – die Geschichte noch ein wenig aus. «Mutter und Tochter sowie Tante sind es, glaube ich. Herr Papa ist ein Großindustrieller, hatte keine Zeit zum Mitkommen. Und die Kleine hat sich bei mir als Erstes nach Gleichaltrigen auf der Insel erkundigt. War am Rande der Verzweiflung, die Ärmste. Siebzehn Jahr, blondes Haar. Pubertät ist eine brutale Sache.»

Als Holger und Aiko die Kneipe verlassen, ist bereits Mitternacht vorbei. Draußen empfängt sie ein steifer Wind. Der Weg zum Strand scheint ins schwarze Nichts zu führen, nur am Horizont leuchten die Positionslichter vorüberfahrender Schiffe in die Nacht hinaus.

«Warum hast du die ganze Zeit nichts gesagt und so dämlich gelächelt», will Aiko von seinem Kumpel wissen.

«Ich hab eine Idee, Junge», sagt dieser unumwunden. «Wir leben ja von den Gästen, heißt es immer, nicht?»

Aiko nickt ungeduldig: «Und? Ist das zum Lachen?»

«Wir könnten das Geld eigentlich einfacher und reichlicher holen als mit Kutschenfahrten und so», sagt Holger und verfällt in Flüsterton: «Zum Beispiel durch die Entführung der pubertierenden Tochter eines Großindustriellen.»

Nach dem Frühstück befreit Jenny sich von Mutter und Tante. Im Dorfladen will sie ein paar Illustrierte kaufen und neue Batterien für den MP3-Player – irgendwie müssen die folgenden Tage ja erträglich gestaltet werden.

BALTRUM

Seit der Ankunft regnet es fast ununterbrochen, weshalb der einzige Lichtblick des Wochenendes – ein Ausritt mit Galopp über den Strand – buchstäblich ins Wasser zu fallen droht.

Auf dem Rückweg ins Ostdorf schlägt Jenny den Weg durch die Dünen ein und kommt bald an einem kleinen Kiefernwäldchen vorbei, neben dem ein Spielplatz für Kinder unter vierzehn Jahren angelegt ist. Der Himmel zeigt sich von seiner grauen Seite, es weht zur Abwechslung zwar kaum Wind, dafür nieselt es. Es sind kaum Leute unterwegs, was Jenny natürlich nicht verwundert. Wer verlässt denn bei diesem Mistwetter schon freiwillig einen warmen, gemütlichen Ort, wenn er nicht den drohenden Tod durch Langeweile abwenden muss.

Der junge, breitschultrige Mann, der eingehüllt in Schal und Anorak in der Nähe des Wasserwerks steht, tanzt da aus der Reihe. Jenny prüft ihn beim Vorübergehen unauffällig mit einem Kennerblick und registriert: 1. zu alt, 2. nicht gutaussehend, 3. uninteressant. Schade.

Sie beachtet den Mann nicht weiter und beeilt sich, bald wieder ins Trockene zu gelangen.

«Das ist sie», sagt Aiko später, als er zum Wasserwerk zurückkehrt. Holger sitzt immer noch hinter dem Gebäude an vereinbarter Stelle in den Büschen und raucht bereits die siebte Zigarette am Stück.

«Das war ja von Anfang an klar», blafft Holger ihn an. «Warum hast du es nicht gemacht?»

«Ich schaffte es nicht.» Aiko blickt zu Boden. Nachdem sie zuvor – und Aiko ist sicher, dass Holger insgeheim auch ganz erleichtert darüber ist – den Entführungsplan in einen Entreiß-Diebstahl-Plan umgewandelt haben, hat er nun auch diese Light-Version der kriminellen Geldmacherei nicht auf die Reihe gekriegt.

«Warum denn nicht? Du wolltest doch Geld verdienen, oder?» Holger setzt sein fieses Lachen auf, und das kann er nahezu perfekt: «Stell dir vor, wie schnell du zu Geld kommst, wenn du im richtigen Moment zupackst. Wenn wir unser Geschäft professionalisieren, kannst du innerhalb kurzer Zeit so viel Kohle machen, wie du sonst mit deinen Pferden kutschieren müsstest, bis Baltrum von der Nordsee aufgefressen ist.»

Aiko kratzt sich an der Nase und sagt nichts. Holger hat natürlich vollkommen recht. Aber was kann er denn dafür, wenn ihn seine Skrupel im letzten Moment daran gehindert haben, der Göre kurz einen Schreck einzujagen und ihr dann die Geldbörse abzunehmen? Vielleicht war sie ihm plötzlich einfach zu sympathisch? Erst nach einer Weile sagt er: «Du kannst es ja machen, wenn du mutiger bist als ich. Du siehst ja auch besser aus, vielleicht gibt sie dir freiwillig was ab.»

Holger grinst. Dass er mit seinen leuchtend grünen Augen und den ebenmäßigen Gesichtszügen beim weiblichen Geschlecht meist leichtes Spiel hat, während Aiko mit Frauen vor lauter Schüchternheit kaum über anderes sprechen kann als Pferde, muss man ihm nicht mehr sagen. Das weiß er. Auch wenn er es trotzdem immer wieder gerne hört.

Dass Holger besser aussieht als Aiko, stimmt, aber dass er mutiger ist – hmmm. Bisher konnte er es dank sprachlichen Talents einfach besser verstecken, dass seine Tollkühnheit sich vor allem auf das Reden beschränkt.

«Okay», sagt er nach einer Weile. «Irgendwann wird sie wieder rauskommen. Heute Abend wird sie wieder hier durchkommen und im Dorf nach ihresgleichen suchen. Bei ihr machen wir die Probe aufs Exempel, und wenn das klappt, können wir nachlegen. Einsame Dünenwege gibt es genug.»

Hin und wieder, jeweils kurz bevor ihr ein Bein oder ein Arm einschläft, dreht sich Jenny auf ihrem Bett um. Die Uhr kriecht so langsam vorwärts, dass ernsthafte Sorge angebracht ist, sie würde im nächsten Moment stehenbleiben. Und mit ihr die Zeit und die Insel und die Welt.

«Schätzchen! Spielst du mit uns eine Runde Poker?», ruft die Mutter aus der Stube. Jenny lässt einen verneinenden Grunzer verlauten. «Frag doch die putzigen Seehunde», sagt sie zu sich selber und grinst etwas hilflos über ihren eigenen Witz.

Es ist nicht einfach, Mutter und Tante zu überreden, dass sie abends alleine rausdarf.

«Kind, wenn dir was passiert?»

«Was soll mir denn hier schon passieren? Verwicklung in einen Banküberfall?»

Nach der Aufzählung weiterer völlig unrealistischer Gefahren und dem Versprechen, nicht alleine ins Watt zu gehen, darf Jenny los.

Vor dem Kiefernwäldchen beim Wasserwerk steht zu ihrer Verwunderung erneut ein Mann, als schiene er auf sie zu warten. Sie mustert ihn. 1. vom Alter her vielleicht etwas passender, 2. … der sieht ja aus wie Robert Pattinson, der Schauspieler ihres absoluten Lieblingsfilms «Twilight»! 3. Na, so was!

Noch während Jenny sich überlegt, ob es möglich ist, dass ein britischer Schauspieler plötzlich im ostfriesischen Nebel vor ihr auftaucht, tritt er forsch auf sie zu und sagt: «Na, auf dem Weg ins Dorf?»

Jenny starrt ihn an. Der Gedanke an den wunderhübschen Vampir aus dem Film hat derart von ihr Besitz ergriffen, dass ihr nur die dümmste Frage in den Sinn kommt, die in diesem Zusammenhang überhaupt möglich ist: «Wieso sprichst du Deutsch?»

«Ähm, wieso nicht? Wir sind hier auf Baltrum, und Baltrum gehört zu Deutschland, nicht?»

Irgendwie hat sich in Jennys Kopf der Gedanke an diesen Schauspieler festgesetzt. Egal. Auch egal, dass sich ihr Kiefer im Moment weigert, die entsprechenden Bewegungen zur Schließung des Mundes durchzuführen. Hier kann so etwas im Gegensatz zu daheim eigentlich gar nicht peinlich sein. Hier hat sie ja keinen Ruf zu verlieren, denn hier kennt sie keiner. «Weil du aussiehst wie Robert Pattinson», erklärt sie.

Der Unbekannte stutzt und sagt dann verschwörerisch: «Niemandem sagen, dass ich hier bin, okay?»

Jenny kichert. «Das kann nicht sein. Robert ist doch Engländer. Du veräppelst mich.»

«Hast du nicht gehört, dass Robert – äh – ich eine deutsche Großmutter habe?»

Unsicher streicht sie sich durch die Haare: «Wirklich?»

«Klar. Sandra Bullock und Doris Day sprechen auch Deutsch, und Bruce Willis wurde in Deutschland geboren.»

«Mann, ist das wahr?»

«Ich habe eine Villa weiter hinten in den Dünen, gegen Osten. Soll ich dir die zeigen?», fragt Pattinson und setzt ein charmantes Lächeln auf. Seine Augen blitzen. Nur die Vampirzähne fehlen. Und die Bodyguards, die ihn beschützen müssen, weil er doch ein Star ist.

Ob es denn weiter hinten in den Dünen überhaupt noch Häuser gäbe, will Jenny wissen, denn diese Anmache ist ihr zu billig. Und warum er sich die Villa denn auf Baltrum habe hinsetzen lassen und nicht auf die Bahamas oder auf Malibu.

«Die Ruhe», sagt Pattinson und lächelt erneut. «Da hört dich kein Mensch.»

«Mega», antwortet Jenny und gähnt theatralisch. Langsam hat sie genug von diesem Spiel.

«Was soll das? Wir haben etwas anderes vereinbart», hört sie plötzlich eine Stimme aus den rosenbewachsenen Dünen neben dem Wasserwerk. Robert Pattinson fährt herum. Als Jenny erkennt, dass es der Unbekannte vom Vormittag ist, der direkt auf sie zukommt, schießt ihr Adrenalin in die Adern.

Immerhin. Der erste Kick auf Baltrum. Vielleicht wollen die beiden sie ja entführen, denkt sie. Sie an einem geheimen Ort verstecken und Lösegeld verlangen! Irritiert stellt sie fest, dass der Gedanke, von Robert Pattinson entführt zu werden, durchaus eine Faszination ausübt.

«Was war nicht so vereinbart?», fragt sie und wendet sich, um die eigene Angst zu überwinden, unvermittelt an Aiko. Dieser kratzt sich überrumpelt am Kinn. «Ich spreche mit dem da.»

Eine Antwort von Holger bleibt aus. Aus zornigen,

leuchtend grünen Augen funkelt er seinen Kumpel an, sodass dieser sich hütet, noch etwas zu sagen. Aber eigentlich war Entreiß-Diebstahl angesagt, nicht Small Talk auf dem Spazierweg! Gut, dass Aiko es vorgezogen hat, in der Nähe zu bleiben, um die Situation unter Kontrolle zu halten. Und eigentlich hat er es sich ja nochmals anders vorgestellt: ein fieses Verbrechen, ein erschreckter Schrei der Überfallenen, und dann: Auftritt des Retters, ein Schlag in Holgers Gesicht, die Rückgabe der Diebesbeute und ein dankbarer Kuss des Opfers. Ja, genau so hat er sich das ausgemalt. Und nun aber plänkeln Holger und das designierte Opfer miteinander und sprechen über Hollywood.

«Was machst du hier? Bist du sein Bodyguard?»

«Hä?»

Ein untrüglicher Geruch findet seinen Weg von Aikos Anorak zu Jennys Nase. Interessiert fragt sie: «Hast du Pferde?»

«Also dann, tschüss», sagt Aiko hastig und will wieder gehen, weil ihm nicht einfallen will, was er weiter tun könnte. Holger hält ihn am Arm fest: «Was willst du? Bleib hier, Mann!»

«Lass mich los.»

«Ich meinte, du wolltest noch was machen mit deinem Leben. Keine Ausbildung, zwanzig Jährchen alt und ein Haufen Schulden.»

«Halt die Fresse.»

«Haalloo. Habt ihr irgendein Problem?», mischt sich Jenny wieder ein, als es ihr zu bunt wird. Das Spiel beginnt ihr Spaß zu machen. Sie verlagert ihr Gewicht von einem Bein aufs andere, kippt die Hüfte heraus und beobachtet mit herablassendem Blick, wie die Freunde aufeinander einreden. Aber dass sie so gar keine Beachtung mehr findet, gefällt ihr nicht.

«Mann, du nervst. Geh doch nach Hause», zischt Holger. Aus den Rosenbüschen auf den Dünen fliegt schreiend ein Fasan auf.

«Kann ich euch helfen?», fragt plötzlich eine Stimme hinter ihnen. Eine junge Frau, einige Jahre älter als Jenny und mit einem Selbstbewusstsein, das Jenny sofort beeindruckt, steigt vom Rad und sieht Aiko und Holger herausfordernd an.

«Können die beiden Streithähne sich nicht entscheiden, wer die Dame ausführen darf?»

Wie vom Donner gerührt sehen Aiko und Holger zu Silke hin, die sich ihrerseits Jenny zuwendet.

«Na, bevor du hier im Regen ertrinkst: Willst du schon mal mit mir in die Kneipe mitkommen, bis diese Trantüten sich entschieden haben?»

«Okay.» Jenny würdigt Aiko und Holger keines Blickes mehr und zieht mit Silke demonstrativ in Richtung Westdorf ab. Als sie außer Hörweite sind, fragt sie: «Du, derjenige, der aussieht wie Robert Pattinson, wie heißt der?»

«Holger. Vergiss ihn, der ist überheblich.»

| | |

«Kind, wo warst du? Es ist spät!», ruft die Mutter, nachdem Jenny den Weg zurück ins Ostdorf gefunden hat. Die Straße unten am Deich entlang schien in der Nacht hinterhältig um ein paar Kilometer verlängert worden zu sein, aber dank Aikos Gepäckträger hat Jenny die Strecke trotzdem geschafft. Die Wolken haben sich mittlerweile verzogen, die Nacht ist klar. Die Straßenlaternen brennen nicht mehr – dafür ist es zu spät. Am Himmel sind dafür die Sterne umso besser sichtbar. Sie hängen in der Finsternis, als seien sie hier viel näher als auf dem Festland.

«Jenny! Bist du betrunken?» Unsanft holt die Mutter ihre Tochter in die Wirklichkeit und die kleine Baltrumer Ferienwohnung zurück.

«Nö.»

Glücklicherweise hat Aiko ihr noch ein Fisherman's Friend angeboten, um den Mundgeruch zu überdecken.

Es war ein Abend, wie ihn Jenny sich auf diesem langweiligen Eiland nie hatte vorstellen können. Jenseits des bissigen Windes und der kalten Tropfen in der Luft saß sie in der Kneipe zusammen mit Silke und deren Freundinnen und stellte erstaunt fest, wie befreiend das Fehlen jeglicher großstädtischer Allüren auf sie wirkte. Und dass man sich auf diesem verregneten Flecken Erde, als welchen sie Baltrum bisher kennengelernt hatte, durchaus amüsieren konnte.

Auch Aiko war später noch in die Kneipe gekommen. Ohne Holger, dafür mit einem blauen Auge.

«Sorry», hatte er zu Jenny gesagt, und je länger sie ihn und seine «Kriegsverletzung» betrachtete und den dezenten Pferdemistgeruch durch die Nase zog, desto mehr wurde ihr bewusst, dass sie sich am Morgen getäuscht hatte: Der Mann sah nämlich doch gar nicht so übel aus.

«Ich habe mir Sorgen gemacht! Bald hätte ich die Polizei gerufen!» Die Mutter will sich nicht beruhigen.

«Was kann denn auf Baltrum schon passieren?»

BALTRUM

Die Mutter sieht sie von der Seite an. Eine Erinnerung zuckt ihr durch den Kopf: ihre bemitleidenswerte Tochter, von akuter Langeweile bedroht, an den schrecklichsten Ort der Welt verschleppt. «Dass man vor Langeweile stirbt zum Beispiel?»

Jenny schüttelt den Kopf und lächelt. «Wer sagt denn so was?»

Das Verschwinden
der «Langeoog»

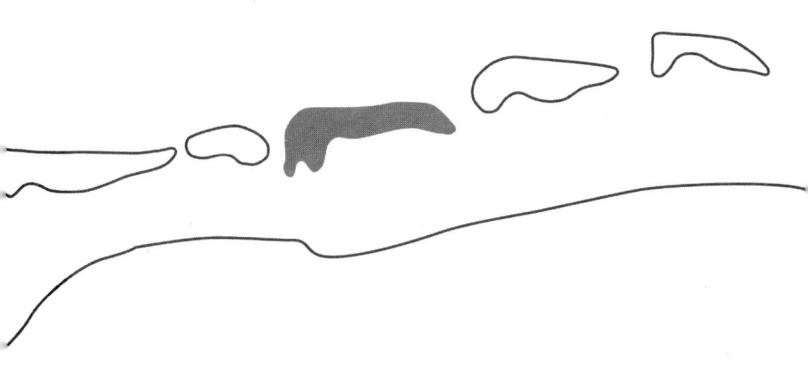

Die *Langeoog* war ein wichtiges Schiff für die Insel gleichen Namens. Zwar lag das Rettungsboot schon seit Jahrzehnten auf dem Trockenen – an der Kurstraße und vis-à-vis dem Haus der Insel –, doch erfreute es sich großer Beliebtheit. Kinder blieben stehen und bestaunten das weiß und orange bemalte Schiff, stolze Väter erklärten alle Einzelheiten, und unzählige Gäste ließen sich davor fotografieren, als stünden sie vor dem Eiffelturm, trotz des massiven, optisch nur bedingt attraktiven Schutzzaunes, der es umfriedete. Dabei umgab die *Langeoog* nichts Prunkvolles oder Pompöses, denn sie war ein zweckmäßiges Schiff. Gänzlich ohne Schnörkel und Dekoration hatte sie ein paar Jahrzehnte lang ihren treuen Dienst als Rettungsboot getan, hatte das Leben Schiffbrüchiger gerettet und Krankentransporte zum Festland geleistet, wenn sich sonst keiner mehr von der Insel wegtraute. So war sie, die *Langeoog*: kein Schmuckschiff, sondern ein unauffälliges Kleinod. Eine stille Heldin.

1980 war sie nach sechsunddreißig Jahren im Dienst der Deutschen Gesellschaft zur Rettung Schiffbrüchiger in den Ruhestand versetzt worden, hatte nicht mehr mit Stürmen kämpfen müssen, sondern diente fortan als Museumsrettungsboot.

Dies war so und sollte eigentlich immer so bleiben. Bis eines Morgens Gerd Mischke, der sich auf dem Weg zur Arbeit befand, abrupt aus seiner Morgenruhe aufschreckte.

LANGEOOG

Die Frühlingssonne klebte schon am Himmel und tauchte die Insel in weiches gelbes Licht. Aber das war es nicht, was ihn – wie vom Donner gerührt – stehen bleiben und die ganze Liste an Aufgaben vergessen ließ, die er sich für seinen Arbeitstag im Schifffahrtsmuseum soeben im Kopf zurechtgelegt hatte: Die *Langeoog* war weg!

Gerd Mischke rieb sich ungläubig die Augen. Weg! «Das kann doch nicht wahr sein!», sagte er – zu sich selber, denn um diese Zeit war er noch ziemlich allein auf der Straße. Er schloss die Augen, öffnete sie wieder, zwickte sich in den Arm. Nichts half. Innerhalb der Einfriedung, die am Fuß einer Düne stand, klaffte gähnende Leere. Und darin war: nichts.

Gerd fühlte sich, als hätte ihm jemand ein Stück seines Herzens aus dem Leib gerissen. Das hübsche kleine Schiff hatte er doch immer im Blick, wenn er gegenüber im Schifffahrtsmuseum nach dem Rechten sah. Es gehörte hierher und konnte nun doch nicht einfach, ohne Vorwarnung, verschwunden sein!

Er kehrte um und ging mit raschen Schritten zur Kneipe seines Kumpels, die sich ganz in der Nähe befand. Natürlich war die Kneipe noch nicht geöffnet, aber die Tür war nur angelehnt, und Gerd fand Daniel beim Aufräumen vor. «Das Schiff ist weg!», sagte er atemlos.

Doch anstatt dass Daniel ebenfalls erschrocken wäre, wie Gerd das erwartet hatte, rief er triumphierend nach hinten: «Siehst du, Ingeborg! Hab ich's dir doch gesagt.»

Daniel zeigte mit dem Daumen auf seine Frau, die hinter der Theke mit einem Lappen hantierte und ein irritiertes Gesicht machte: «Sie hat's mir nämlich nicht geglaubt. Sie meinte, ich hätte gestern zu viel getrunken.»

Während Gerd und Daniel berieten, was zu tun sei, fiel den Menschen das Verschwinden der *Langeoog* bald im Minutentakt auf. Nicht weniger als zwei Dutzend Anrufe gingen auf der Polizeistelle ein, noch bevor sich Gerd dort gemeldet hatte. So erntete er von der Polizistin Elke Tjarks, die das Telefon abnahm, auf seine Vermisstenmeldung nur ein leicht genervtes: «Moin, Gerd, na, das wissen wir doch schon lange. Trotzdem, besten Dank!» «All up Stee» konnte sie nicht mehr sagen, denn die *Langeoog* lag ja nicht mehr an Ort und Stelle, und in Ordnung war das nun ganz und gar nicht.

Wachtmeister Kleemann kratzte sich am Kopf, als er vor dem Zaun stand. «Der Anblick erinnert mich irgendwie an das Bermuda-Dreieck», sagte seine Kollegin Tjarks und lachte etwas hilflos.

«Hm», meinte Kleemann nachdenklich, und dann, nach einer langen Pause: «Hast du eine Erklärung?»

Elke Tjarks schüttelte den Kopf, sodass ihr blonder Pferdeschwanz hin und her wippte. Auch die Zeugen, die sie im Laufe der nächsten Stunde befragten, konnten allesamt bloß das plötzliche Fehlen der *Langeoog* bezeugen, nicht aber das Verschwinden an sich. Denn dieses war irgendwann mitten in der Nacht vor sich gegangen. Keiner hatte etwas gehört und gesehen schon gar nicht, denn es war eine außerordentlich dunkle, von Wolken bedeckte Neumondnacht gewesen.

Kleemann und Tjarks suchten mit Hilfe zweier aus Wittmund schleunigst eingeflogener Spezialisten die nähere Umgebung ab. Doch finden konnten sie nichts.

«Es ist schlichtweg unmöglich, dass jemand die *Lange-*

 LANGEOOG

oog einfach so wegnimmt», wiederholte Kleemann immer wieder, auch, als ihn schon lange niemand mehr danach fragte. «Das Schiff ist fast zehn Meter lang und immerhin über dreißig Tonnen schwer – hat also das Gewicht eines Lastwagens», erklärte er den Kollegen vom Festland. «Wie kann man das Schiff verschieben, ohne es auseinander-zuschrauben oder mit einem Kranwagen zu heben?»

«Und Kranwagen habt ihr hier wohl nicht, oder?», frag-te Polizeispezialist Baumann aus Wittmund zurück. Aber es war nur eine rhetorische Frage.

Tjarks ihrerseits dachte nach. Kranwagen waren damals, 1980, fürs Aufstellen der *Langeoog* verwendet worden, allerdings hatten sie eigens eingeschifft werden müssen. Denn natürlich gab es keine Kräne, die auf der autofreien Insel stationiert waren. Nur Baukräne, aber diese mussten jeweils aufwendig zusammengesetzt und mit massigen Gewichten beschwert werden, bevor sie einsatzfähig waren. Ein solcher Kran kam nicht in Fra-ge.

Ein weiterer unerklärlicher Tatbestand gab ebenfalls Rätsel auf: In der Umgebung des Museumsrettungsboot-Standortes fanden sich nirgends Spuren von schwerem Gerät. Keine Reifenabdrücke, noch nicht einmal Spuren von Pferdehufen.

«Technisch gesehen bleibt nur der Luftweg», sagte Baumann schließlich, als die vier Polizisten in Daniels Kneipe saßen – vor sich vier Tassen starken Kaffees – und ratlose Gesichter machten.

«Der Luftweg?», hakte Tjarks nach, und ihre Augen blickten das Gegenüber zweifelnd an. «Soll die *Langeoog* plötzlich Flügel gekriegt haben?»

«Nein. Immerhin gibt es Transporthubschrauber, die sogar Lastwagen durch die Luft befördern können. In Russland zumindest. Ob die Bundeswehr auch solche Riesenlibellen hat, weiß ich nicht. Aber wenigstens die Russen wären imstande, ein Rettungsboot von der Größe der *Langeoog* zu heben.»

Tjarks musste lachen. Sie klopfte ihrem Kollegen auf die Schulter wie einem Jungen, der soeben eine große Dummheit herausgeplappert hat, und sagte: «Glaubst du im Ernst, die Russen hätten Interesse, uns unser Museumsrettungsboot zu klauen? Warum sollten sie das tun? Spökenkiekerei!»

Außerdem sei man hier auf Langeoog, einem Flecken Deutschlands, wo es kaum Benzinmotoren gebe – «da hätte ein Transporthubschrauber doch nicht gänzlich unbemerkt und ohne ein einziges Knattern zuschlagen können.»

Tjarks dachte nach, was sie selber am vergangenen Abend getan hatte. Genau: Sie hatte es sich zu Hause im Wohnzimmer gemütlich gemacht, da das NDR-Fernsehen eine Reportage über Lale Andersen ausgestrahlt hatte, für die viele Langeooger Zeitzeugen befragt worden waren. Diese Sendung hatte sie natürlich auf keinen Fall verpassen wollen – wie geschätzte fünfundneunzig Prozent der restlichen Inselbevölkerung auch. Für das Aufschnappen verdächtiger Vorkommnisse, Geräusche oder Gerüche war auf der Insel also niemand wirklich empfänglich gewesen. Aber wo nach Spuren suchen, wenn es offensichtlich keine gab?

LANGEOOG

«*Langeoog* verschwunden!», titelte der Ostfriesische Kurier am nächsten Tag und jagte damit nicht wenigen Menschen auf dem Festland zum Morgenkaffee einen gehörigen Schrecken ein. Doch wer den Text weiterlas, konnte sich schon nach zwei Zeilen beruhigen: Glücklicherweise war es nicht die ganze Insel, die von der Nordsee verschluckt worden war, sondern «nur» das gleichnamige Museumsrettungsboot. Doch um die Neugier der Leser zu wecken, reichte es allemal. Und da ein Wochenende bevorstand, das sich einer äußerst positiven Wettervorhersage erfreute, wurde der Fährparkplatz in Bensersiel schon am selben Tag immer voller: Jeder wollte mit eigenen Augen sehen, was es eben nicht mehr zu sehen gab. Also gewissermaßen «die Leerstelle» der Insel.

Nur einen Tag, nachdem sich Gerd Mischke ungläubig die Augen gerieben hatte, gab es auf der Kurstraße zwischen dem leeren Schutzzaun-Areal und dem Haus der Insel fast kein Durchkommen mehr. Einheimische, Gäste und herbeigeeilte Tagestouristen standen sich gegenseitig auf den Füßen. Journalisten führten Interviews mit dem seines Museums beraubten Museumsdirektor, mit dem Bürgermeister und dem Polizeichef der Insel. Sogar aus Holland, Frankreich und England waren Fernsehteams angereist.

Neben den Touristen tummelten sich bereits am Tag zwei des Verschwindens der *Langeoog* auch Esoteriker, Gottesanbeter und Teufelsaustreiber in zunehmender Zahl auf dem Eiland. Denn das große Rätsel, für das es keine vernünftige Erklärung gab, zog sie alle an wie die Motten das Licht. Ein langhaariger Jüngling, in ein lachsfarbenes Leintuch gewickelt, hatte das «Betreten-verboten»-Schild am Fuße der Dünen ignoriert und sich im Schneidersitz in den Strandhafer gesetzt. Dort leierte er einen nicht enden wollenden Sermon herunter und bat mit gefalteten Händen eine Vielzahl von Göttern, die den Umstehenden allesamt unbekannt waren, um ein Nachsehen und ein Wiederauftauchen des Bootes.

Währenddessen hatte sich eine Gruppe Freikirchler in der evangelischen Kirche eingemietet und lud alle zu einem Bittgottesdienst ein, um das mysteriöse Treiben auf der Insel zu beenden.

«Können die Leute nicht einfach hierherkommen, um Urlaub zu machen?» Daniel stand vor der Tür seiner Kneipe und schnaubte verächtlich, als er einer Gruppe von weißgekleideten jungen Leuten nachsah, die auf ihre T-Shirts Parolen wie «Free *Langeoog*», «Give the ship a chance» und «Warum tut ihr so was?» gesprayt hatten. Andere junge Leute, schwarzgekleidet, trugen ein Transparent durch die Straßen – mit der Aufschrift «Her mit dem Schiff, aber dalli!!!».

«Wenn man wenigstens wüsste, von wem man die Rückgabe des Bootes verlangen müsste», antwortete Gerd missmutig, «keine Spur, keine Lösegeldforderung, noch nicht einmal ein Bekennerschreiben. Und das kleine alte Boot hat doch niemandem etwas zuleide getan!»

Er ließ es sich zwar nicht gern anmerken, aber das Verschwinden der *Langeoog* hatte einen Trauerschleier auf seiner Seele hinterlassen.

Wenigstens über fehlende Gäste konnte die Insel sich nicht beklagen. Nicht nur waren sämtliche Hotel- und Pensionszimmer ausgebucht, sondern auch auf dem

 LANGEOOG

benachbarten Festland wurden die Betten knapp. Die Fährgesellschaft Langeoog hatte bereits mehrere Sonderfahrten durchgeführt.

Rund um den Wasserturm, Langeoogs Wahrzeichen, standen Menschen mit Ferngläsern und suchten sowohl Land als auch Wasser ab. Die Dünen, den Strand, sogar die vorgelagerten Strandriffe, vor deren Gefährlichkeit unzählige Schilder warnten. (Hier war wenigstens die Bedrohung klar: die Gezeiten und die Strömung. Während die Bedrohung durch die fehlende *Langeoog* niemand beim Namen nennen konnte und es deshalb auch keine Warnschilder gab.)

Die Verkäuferin eines Souvenirshops vermutete das Boot – seines Mastes beraubt – versenkt in einen Kanal im Osten und unterbreitete ihre Theorie sämtlichen Touristen, nicht ohne auf ihren Kollegen zu verweisen, der einen Fahrradverleih betrieb und Interessierten den entsprechenden Untersatz für den Rätseltrip über die Insel vermieten konnte. Im Souvenirshop gegenüber war man allerdings der Meinung, dass die *Langeoog* zerstückelt und in Einzelteilen an die Ostmafia verkauft worden war. Eine Spezial-Postkartenserie mit der *Langeoog* war eiligst gedruckt worden und fand reißenden Absatz.

Auch in Daniels Kneipe wurde wild spekuliert. Wie das nochmal mit dem Altmetallpreis sei, der weltweit gestiegen war, nachdem die Nachfrage in China explodierte, wollte ein Gast wissen.

Doch ein Einheimischer hatte eine ganz andere Theorie: «Das muss einer gewesen sein, der sich auskennt», zeigte er sich überzeugt, «einer, der hier auf der Insel jede Straßenecke kennt. Und vor allem alles über Schiffe weiß.» Er legte eine Kunstpause ein, bevor er mit gedämpfter Stimme fortfuhr: «Ich tippe auf Ulf. Der war in den Fünfzigern und Sechzigern lange genug bei der Marine, der kennt sich mit Geheimaktivitäten und mit Schiffen aus.» Anfängliche Skepsis an seiner Theorie wusste er geschickt zu zerstreuen, sodass spätabends schließlich fast alle die Meinung teilten: «Ulf, der Sonderling, hat was mit der Sache zu tun.»

Glücklicherweise setzte während des Schlafs bei den meisten wieder die Vernunft ein, und als sie erwachten und die *Langeoog* immer noch durch Abwesenheit glänzte, mussten sie sich eingestehen: Ulf mochte zwar lange zur See gefahren und in den Augen vieler ein etwas komischer Kauz sein, doch als Bootsräuber kam der Alte nicht in Frage. Genauso wenig wie all die anderen, über die sie diskutiert hatten.

Als sich Ulf am nächsten Morgen zu seinem alltäglichen Spaziergang quer durchs Dorf aufmachte, hatte er bald das Gefühl, dass irgendetwas nicht stimmte. Meinte er es nur, oder hatten ihn schon mehrere Leute, die ihn sonst freundlich zu grüßen pflegten, nur eines scheelen Blickes gewürdigt oder ihn zumindest so angeschaut, als hätten sie etwas vor ihm zu verbergen? Ein paar Straßenzüge weiter kam ein kleines Mädchen in großen Sätzen auf ihn zugerannt. Die Tochter eines Nachbarn: «Wieso hast du das Schiff weggemacht?», fragte sie vorwurfsvoll.

«Wieso habe ich was?» Verständnislos blickte Ulf zu der vierjährigen Charlotte hinunter.

«Das Schiff weggenommen! Ich hab's ganz genau gehört, mein Papa hat es gestern der Mama erzählt, als er aus der Kneipe nach Hause gekommen ist.»

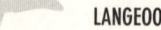 LANGEOOG

«Ist dein Papa denn so früh nach Hause gekommen, oder bist du so lange wach geblieben?»

«Ich bin wieder aufgewacht, als er zurückgekommen ist. Er hat laut gesungen, aber ein bisschen schief. Wirklich komisch!», freute sich das Mädchen.

«Aha», machte Ulf, «dann sag deinem Papa, zuerst soll er mir erklären, wie es denn möglich ist, das Schiff einfach so verschwinden zu lassen.»

Er wollte weitergehen, doch Charlotte trat von einem Fuß auf den anderen und druckste herum, als wollte sie noch etwas sagen.

«Ist noch was?», fragte Ulf.

«Ich habe nur gedacht ...» Erst nachdem er sie erneut zum Sprechen ermuntert hatte, rückte die Kleine mit ihrem Anliegen raus. Wenn es wirklich stimme, dass er das Schiff weggemacht habe, sagte sie, dann sei er, Ulf, wahrscheinlich ein Zauberer wie in ihrem Märchenbuch, und wenn er doch schon ein Zauberer sei, ob er ihr dann nicht das große Haus von Barbie herzaubern könne, «das will die Mama mir nämlich nicht schenken, weil sie es doof findet».

Da musste Ulf lachen. «Deine Mama hat ganz recht», antwortete er. «Das Barbie-Haus ist doof, und ich zaubere keine doofen Sachen herbei. Sondern nur weg – und weil die *Langeoog* nicht doof ist, war es also nicht ich, der sie weggezaubert hat.» – Wer es wirklich gewesen war, das wussten allerdings weder Ulf noch Charlotte noch irgendein anderer in ganz Ostfriesland.

Wenigstens fast.

Nach wenigen Tagen flaute der Hype um die *Langeoog* wieder ab, und sowohl die TV-Hauptsendezeit als auch die lokale Presse und die Newsspalten im Internet wurden von anderen Nachrichten ausgefüllt. Nachdem die Geisterbeschwörer auf Langeoog ebenso erfolglos geblieben waren wie die Wissenschaftler, nachdem die Hobby-Trapper aus dem Bergischen Land ebenso wenige Spuren gefunden hatten wie die Polizei, wurde es allmählich wieder etwas ruhiger. Nur die Unverbesserlichen erhofften sich noch Aufmerksamkeit damit, dass sie ihre Meinung zum mysteriösen Verschwinden des Museumsrettungsbootes in die Welt hinausposaunten.

Eine selbsternannte Endzeitforscherin, zufällig im Urlaub auf Langeoog, zeigte sich in einer Radiosendung sogar überzeugt, auf dem Deich jenseits von Flug- und Golfplatz den Schimmelreiter durch die Nacht galoppieren gesehen zu haben. Vielleicht seien böse Geister der Vergangenheit geweckt worden, und die Welt müsse sich auf eine neue große Sturmflut gefasst machen, warnte sie.

Dass Sturmfluten auf den Ostfriesischen Inseln nicht unbedingt mit dem Weltuntergang gleichzusetzen seien, wie ein anderer Talk-Gast festhielt, beeindruckte sie wenig – ebenso wenig wie der Einwurf des Moderators, dass Storms Schimmelreiter Nordfriese gewesen sei und nicht Ostfriese.

«Ist das wichtig?», fragte sie schnippisch. «Genauso wie ein Boot spurlos verschwinden kann, kann ein nordfriesischer Geist die Orientierung verloren und sich im Deich geirrt haben!» Hier konnte der Moderator nichts mehr entgegnen, und er war froh, dass bald die Nachrichtenleute übernehmen würden.

 **LANGEOOG**

Gerd Mischke ging seiner Arbeit im Schifffahrtsmuseum weiterhin nach, aber immer wieder, wenn sein Blick über die leere Freifläche hinter dem Schutzzaun schweifte, wurde ihm schwer ums Herz. In der Nacht schreckte er immer mal wieder auf, weil ein Alptraum ihn geschüttelt hatte.

Er verstand es einfach nicht. Wie hatte das geschehen können? Erst nach mehr als einer Woche schaffte er es das erste Mal wieder, durchzuschlafen. Dafür erwachte er am nächsten Morgen mit einem schweren Kopf und verspürte fast so etwas wie ein schlechtes Gewissen, dass er das kleine Boot so lange vergessen hatte.

Exakt dreizehn Tage nach dem Verschwinden der *Lange-oog* bekam Gerd einen aufgeregten Anruf seines Kumpels Daniel, der bereits um vier Uhr früh zum Hafen aufgebrochen war, um mit seinem Motorboot zum Festland rüberzufahren und ein paar Dinge zu erledigen. «Es ist da!», schrie Daniel in sein Handy. Aus dem Hörer drang ohrenbetäubender Lärm, und ein eigenartiges Knattern übertönte seine sich überschlagende Stimme fast ganz.

«Was?», fragte Gerd aufgeregt zurück. «Das erhoffte Geld aus dem Lottogewinn? Das Monster von Loch Ness? Oder das Jüngste Gericht?»

«Das Boot ist da. Die *Langeoog* ist wieder aufgetaucht», schnaufte Daniel in sein Handy und tönte dabei, als habe er soeben einen Marathonlauf hinter sich gebracht.

«Wo?», fragte Gerd atemlos. Das Bild beim Stichwort «aufgetaucht» konnte er nicht aus seinem Kopf verdrängen: das Museumsrettungsboot, gefüllt mit blaugrünem

Meerwasser aus den Tiefen der Nordsee, bewachsen von Muscheln, umschlungen von Tang und Algen, und, als Krönung, Neptun persönlich auf der Kommandobrücke, mit wehendem weißem Haar und dem unvermeidlichen Dreizack.

Doch die Idee von den Tiefen des Meeres zerschlug sich schnell. «Ich hab gesehen, wie sie eingeflogen ist», berichtete Daniel.

«Du spinnst», antwortete Gerd, während er – das Handy am Ohr – in seine Hose stieg und bald darauf zum Hafen sauste, so schnell ihn sein altes klappriges Hollandrad noch trug. Und wahrhaftig: Dort lag das Boot vor Anker, mitten im Schlick im unbenutzten östlichen Teil innerhalb der Hafenmauer. Da lag es, als habe es in seinem ganzen langen Leben noch nie etwas anderes getan, und die Dämmerungsstreifen am Horizont wurden immer breiter. Keine Algen und Tang, keine Muscheln – blitzblank wie eh und je glänzte es vor sich hin, mit im Morgenwind wehenden Fahnen und dem strahlenden Kreuz der DGzRS auf dem Bug. Von Neptun hingegen fehlte jede Spur. Ebenso schien jeglicher Hinweis zu fehlen, wie es vom ausgebaggerten Fahrwasser in den stillgelegten, verschlickten Teil des Hafens gelangt war – wäre Daniel eben nicht sehr früh aufgestanden.

Seinem verblüfften Kumpel gab er zu Protokoll, dass ein riesiger Lastenhubschrauber das Boot hergeflogen habe. Aufgrund des von See wehenden Windes war das Getöse der Rotoren im Dorf nicht zu hören gewesen. Noch während Gerd und Daniel am Hafen standen, traten zwei Angestellte der Kurverwaltung zu ihnen. Ihre Gesichter waren ernst. «Kommt mit, wir müssen mit euch reden», sagten sie. Die Entschlossenheit in ihren Stimmen ließ keinen Platz für Widerrede.

Die Kunde, dass die *Langeoog* wieder da war, verbreitete sich über die Insel wie ein Lauffeuer. Und Gerd war bei weitem nicht der Einzige, der sich beim Anblick seines geliebten Schiffes unauffällig eine Träne der Erleichterung aus den Augen wischte.

Bei einer genaueren Inspektion durch die Museumsbetreiber und die Polizisten Kleemann und Tjarks zeigte sich: Das Boot war intakt. Von den menschlichen Spuren, die darauf zu finden waren, konnte nicht schlüssig gesagt werden, ob sie neu waren oder noch von Besuchern aus der Zeit vor dem Verschwinden stammten.

Nichts war kaputt, nur ein paar einzelne Dinge fehlten. Die Schiffsglocke zum Beispiel, die erst vor wenigen Jahren auf die *Langeoog* gekommen war. Die Schiffsschraube. Der Telefonhörer des alten Funksystems. Diesen fand man wenig später allerdings im achten Loch des Golfplatzes. Austernfischer und Hochlandrinder beäugten die verdutzten Golfspieler neugierig, wie sie dieses Teil der *Langeoog* aus dem Boden förderten.

Trotz erneuter aufwendiger Spurensicherung gab es nichts, was darauf hingewiesen hätte, wer die *Langeoog* so plötzlich hatte verschwinden und ebenso plötzlich an einem anderen Ort der Insel wieder hatte erscheinen lassen. Auch die Überprüfung von Flugplätzen und Einrichtungen auf dem Festland erwies sich als ergebnislos.

Die Wogen der Spekulationen gingen nach dem

Wiederauftauchen dafür umso höher. In mehreren Internetforen – zwei davon von der Kurverwaltung betrieben – konnte man sich über diverse *Langeoog*-Theorien wissenschaftlicher, esoterischer oder mythologischer Natur austauschen.

Mit viel Aufwand und in einer kostspieligen Aktion wurde das Museumsrettungsboot mit Tieflader und Kranwagen schließlich an seinen alten Ort zurück zum Haus der Insel gehievt – live übertragen von einer großen deutschen Privat-Fernsehsendeanstalt, die, wie man munkelte, einen mindestens sechsstelligen Eurobetrag für die Exklusivrechte hingeblättert hatte.

Der Bekanntheitsgrad der Insel Langeoog überstieg in diesem Sommer jenen von Mallorca und Sylt zusammen. Doch nur hinter vorgehaltener Hand traute man sich darüber zu spekulieren, ob dies alles absichtlich inszeniert worden war.

Einzig der Kneipenwirt Daniel und der Schifffahrtsmuseumsangestellte Gerd wussten Bescheid. Mit ihrem vereinbarten Schweigen verdienten sie ein ansehnliches Sümmchen, und das Ganze rechnete sich offenbar, obwohl die zweimalige Miete des Transporthubschraubers aus sowjetischer Produktion Unsummen an Geld verschlungen haben musste.

Gerd war nicht nur glücklich über sein Wissen. Zwar war alles wieder wie immer, aber trotzdem irgendwie anders als zuvor. Und die Schiffsglocke der *Langeoog* blieb auch verschwunden. In einzelnen Nächten, wenn der Wind über die Insel pfiff und die Wolken vor dem Mond in wilden Fetzen vorüberzogen, war es Gerd, als hörte er sie bimmeln. Weit weg, irgendwo auf der See. Dann runzelte er die Stirn und fragte sich beunruhigt, welcher Werbegag den Touristikern wohl im nächsten Jahr einfallen würde.

SPIEKEROOG

Fünfeinhalb Jahre

Mama, er tut mir weh», schrie Lea, und ihre Stimme überschlug sich – nicht vor Schmerz, sondern vor Entrüstung, dass ihr kleiner Bruder sich auch durch böse Blicke und wüste Drohungen gegen seinen Plüschhund nicht davon abhalten ließ, mit Sand nach ihr zu werfen.

«Timo, hör auf!», rief Birgit scharf. «Das tut man nicht!» Und leiser fügte sie hinzu: «Lass uns doch den ersten Tag hier genießen» – ein Argument, das Timo offensichtlich nicht überzeugte. Er fand nichts Schlimmes daran, Lea ein wenig zu ärgern. Seinem breiten Grinsen und den schelmisch funkelnden Augen nach zu urteilen, genoss zumindest er den ersten Tag an Spiekeroogs Strand in vollen Zügen.

«Nein, lass das! Hau ab!», kreischte Lea Timo erneut an und suchte Zuflucht bei ihrer Mutter, die sie bereitwillig in die Arme schloss. Den kleinen Plagegeist ernsthaft zur Räson zu bringen, dazu hatte sie im Moment weder Lust noch Energie; meist war die Methode des Ins-Leere-laufen-Lassens am nachhaltigsten.

Birgit wandte ihr Gesicht dem Wind zu, sodass er in ihr Haar griff und die blonden Locken aus der Stirn wehte.

Der Westwind hinterließ neben einem salzigen Geschmack um die Lippen trotz der sengenden Sonne ein angenehm kühles Gefühl auf der Haut. Sonnencreme sei enorm wichtig auf den Ostfriesischen Inseln, hatte ein Nachbar ihr vor der Abreise erklärt. Das hatte sie beherzigt. Sie untersuchte ihre Kinder in regelmäßigen Abständen nach sich rötenden Hautstellen und salbte bei Bedarf nach.

Spiekeroog. Sie hatten es doch noch geschafft, hierherzufahren, obwohl bis zum letzten Moment ungewiss war, ob sie den Urlaub antreten konnten: Adrian, ihr Mann, hatte wegen der Verzögerung eines Projekts plötzlich so viel Arbeit auf dem Schreibtisch, dass er bereits die Geschäftsbedingungen der Reiserücktrittsversicherung durchgesehen hatte.

So weit war es dann aber doch nicht gekommen. Glücklicherweise. Birgit ließ ihren Blick übers Meer schweifen, über die Ostspitze der Nachbarinsel Langeoog und dann in Richtung Strandweg, der vom Dorf durch die Dünen hierherführte. Adrian hatte versprochen, bald zum Strand nachzukommen. Bis jetzt schien ihn sein Projekt jedoch noch in der Ferienwohnung mit Internetanschluss festgehalten zu haben.

Lea hatte den Schutz der Mutter bereits wieder verlassen und spielte selig mit ihrem Bruder, als hätten die beiden in ihrem ganzen kurzen Leben noch niemals Streit gehabt. Ein Lächeln huschte über Birgits Gesicht, sie lehnte sich zurück, schloss die Augen und konzentrierte sich auf die wärmende Sonne auf ihrer Haut. Ihretwegen brauchte Adrian sich nicht zu beeilen.

Gegen Abend packte Birgit zusammen mit ihrem Mann, der doch noch den Weg an den Strand gefunden hatte, Strandtücher, Spiel- und Badesachen, Ersatzkleider, Sandalen und Wasserflaschen in den Bollerwagen, den sie sich von der Ferienhausbesitzerin geliehen hatten, nahmen die Kinder an die Hand und machten sich auf den Weg zurück ins Dorf.

Mehrere schmale Pfade führten über die Dünen wie durch ein Miniaturgebirge. Immer noch blies der Wind, immer noch schien die Sonne.

An einem Eisstand in der Fußgängerzone kaufte Birgit zwei große Portionen Erdbeereis – mit Sahnehäubchen – für die Kinder. Die Einwände ihres ernährungsbewussten Ehemannes ignorierte sie.

«War das wirklich nötig, so kurz vor dem Essen?», maulte Adrian, während Lea und Timo glücklich an ihrem Eis nuckelten.

«Ist doch Urlaub», sagte Birgit und gab sich Mühe, unbeschwert zu klingen. Manchmal überkam es sie einfach, dass sie dann gerade hier und gerade jetzt jemandem etwas zuliebe tun musste, egal ob es vernünftig war oder nicht. Dieses kurze Aufflackern eines Bedürfnisses, Liebe weiterzugeben, verbunden mit der Angst, dazu nicht fähig zu sein, konnte sie immer noch sehr schlecht steuern. Adrian wusste um dieses Gefühl, aber da ihr Liebesbedürfnis immer weniger ihn selber betraf, schien er zunehmend etwas dagegen zu haben.

Energisch verbannte Birgit diese Gedanken und ließ, um sich abzulenken, ihren Blick durch die schmalen Straßen des Inseldorfes Spiekeroog wandern. Das älteste aller Dörfer der Ostfriesischen Inseln hatte eine einzigartige Atmosphäre.

«Freilichtmuseum», hatte sie zwar im ersten Moment eingewandt, als Adrian im Spätwinter mit dem Vorschlag gekommen war, den Sommerurlaub auf Spiekeroog zu verbringen. Sein Vorgesetzter war Stammgast auf der In-

 **SPIEKEROOG**

sel, und wahrscheinlich wollte Adrian ihm nur einen Gefallen tun. «Deine Vorschläge sind mir viel wert», konnte er ihm mit dieser Entscheidung signalisieren und nach den Ferien mitreden. Doch nach anfänglicher Skepsis war Birgit einverstanden gewesen. Die Gedanken daran, auf einer Insel gefangen zu sein, verdrängte sie; die Weite der Nordsee war doch eigentlich genau das Richtige für sie, sagte sie sich, die Strände und die autofreien Straßen ein Paradies für die Kleinen, und was war an einem Freilichtmuseum schon Schlimmes dran?

Nach der Gutenachtgeschichte strich Birgit ihrer Tochter eine hellbraune Haarsträhne aus der Stirn und gab ihr einen Kuss: «Der Papa und ich machen noch einen kleinen Spaziergang, ja?»

«Seid ihr lange weg?», wollte Lea wissen. Ihrer Stimme war anzuhören, dass der Schlaf sie in wenigen Sekunden einholen würde.

«Nein, mein Herzchen. Zehn Minuten vielleicht.»

«Und, wie findest du's?», fragte Adrian erwartungsvoll, als sie gemeinsam den Weg Richtung Strand zurückschlenderten, den sie am Nachmittag mit den Kindern gegangen waren.

«Wunderschön. Idyllisch. Guck mal, die Sonne.»

Die Sonne vermochte Birgit immer wieder aufs Neue zu verzaubern. Als glutroter Feuerball stand sie über der glitzernden Fläche der Nordsee und näherte sich langsam, ganz langsam dem Horizont.

«Du mit deiner Romantik», sagte Adrian.

Klar war sie romantisch, dachte Birgit unwillig: Wenn du fünfeinhalb Jahre auf der Nordseite eines Gebäudes verbracht hättest und fünfeinhalb Jahre lang keinen einzigen Sonnenuntergang hättest beobachten können, würdest du vielleicht auch romantische Gefühle kriegen.

Aber sie sagte nichts, sie gab sich dem Bild der Sonne hin, und dass Adrian neben ihr ging, störte sie dabei nicht. Aber sie empfand es irgendwie als unnötig.

Am folgenden Nachmittag wurde der nächste Halt an der Eisdiele eingelegt – diesmal schon auf dem Hinweg zum Strand. Adrian war wieder etwas länger in der Wohnung geblieben, da er an seiner Projektbeschreibung weiterarbeiten musste.

«Geht ihr nur schon mal vor», hatte er gesagt und versprochen, nicht länger als unbedingt nötig zurückzubleiben.

«Klar», hatte Birgit gesagt, ihm im Vorübergehen kurz einen zärtlichen Kuss in den Nacken gesetzt und die Kinder gerufen.

Das Dorfzentrum von Spiekeroog bestand hauptsächlich aus Restaurants und Läden. Am Norderpad passierten die drei ein Geschäft, in dem es vom Fischkescher bis zur Piratenaugenklappe alles zu kaufen gab, was ein Kinderherz am Strand begehren konnte. Während Lea und Timo sich begeistert Strandspielsachen anguckten, blickte Birgit gedankenverloren die Straße hinunter.

Und verspürte einen heißen Blitz in der Brust. Nur für den Bruchteil einer Sekunde hatte ihr Blick einen hochgeschossenen Mann im roten T-Shirt gestreift, der sich auf der Straße nach einem Jungen wenige Schritte hinter sich umsah – und doch zweifelte Birgit keinen Augenblick: Es war Martin. Reflexartig wandte sie den Kopf ab.

 **SPIEKEROOG**

Sie brauchte ein paar Sekunden, bis sie sich gefangen hatte und sich traute, erneut einen unauffälligen Blick die Straße runter zu werfen. Der Junge hatte den Mann bei der Hand gefasst. Hatte Martin bei der Hand gefasst. Sie kamen näher.

Im letzten Moment reagierte Birgits gelähmter Körper, und eilig versteckte sie sich hinter einem flaggenbehängten Ständer. Hinter Deutschland-, Fußball- und Piratenfahnen wartete sie ab, bis der Mann und der Junge vorübergegangen waren. Sie wollte nicht hinsehen, dennoch hefteten sich ihre Augen an das Gesicht über dem roten T-Shirt und lieferten ihrem Hirn in maschinengewehrschnellem Tempo Informationen. Er war es, ohne jeden Zweifel. Die Nase, noch genauso markant wie früher. Die Haut, etwas gealtert. Das Haar, etwas ergraut, aber noch ohne lichte Stellen. Ob sein linker Oberarm, unter dem Ärmel des roten T-Shirts, wohl eine Narbe aufwies?

Birgits Puls raste. Erst nach Sekunden fiel ihr auf, dass sie den Atem angehalten hatte und dass Lea fragend an ihrer Hose zupfte: «Ist was, Mama?»

«Nein, nein», beeilte sie sich zu sagen und ließ noch ein wenig Zeit verstreichen, bis sie den Abstand zu Martin als groß genug erachtete, um die Deckung hinter den Flaggen zu verlassen.

Bereits am zweiten Tag auf Spiekeroog war es mit der inneren Ruhe, die sich Birgit so sehr gewünscht hatte, vorbei. Auch wenn sie den Gedanken verdrängte, wusste sie instinktiv, dass auf dieser Insel die Chance, Martin nicht über den Weg zu laufen, verschwindend klein war, und dass sie hier in der Idylle der Nordsee eingeholt werden würde von ihrer Vergangenheit, als würde das Meer sie an den Strand und ihr vor die Füße spülen. Gnadenlos und ohne Ausweg.

Das wurde ihr am Strand bewusst: Denn sie schaffte es nicht, sich mit ihren Kindern zu beschäftigen, und als sie ein Buch zu lesen versuchte, ergaben die Wörter keinen Sinn. Stattdessen musste sie immer wieder an Martin denken. Martin auf Spiekeroog!

Die Begegnung kam früher als erwartet noch am selben Nachmittag auf dem Heimweg, oben am Strandübergang. Als sie ihn sah, war es bereits zu spät. Seine dunklen Augen trafen sie, blickten zuerst ungläubig, einen Moment lang verwirrt und nach Halt suchend, dann erhellte sich sein Gesicht.

«Hey, hallo, du.»

«Grüß dich, Martin.» Ihr Mund verzog sich zu einem breiten Grinsen und sprach plötzlich selbständig: «Was machst du denn hier?»

«Urlaub, natürlich, was macht man denn sonst auf Spiekeroog?»

«Ja, haha. Ich auch.» Sie reichten sich die Hände und dann, nach einer kurzen stockenden Unsicherheit, umarmten sie sich flüchtig.

«Mama, wer ist das?», wollte Timo wissen.

«Ein alter Freund», antwortete sie und deutete, zu Martin gewandt, auf ihre Kinder: «Das sind Timo und Lea, meine Kinder.»

«Hast du also auch Familie – meine beiden Kinder kommen da hinten.»

Martin deutete auf einen Jungen und ein Mädchen, die mit Strandtüchern und Schaufeln unter dem Arm auf ihn zu gerannt kamen.

 SPIEKEROOG

«Ja, ich hab gehört, dass du verheiratet bist.»

«Nicht mehr», sagte Martin. «Seit wann bist du hier?»

«Erst seit gestern.» Wollte Birgit mit Martin überhaupt reden? Erschreckt stellte sie fest, dass ein großer Teil ihrer Anspannung bereits mit dem ersten Wort verschwunden war, das sie mit ihm gewechselt hatte. Ihr Puls raste zwar immer noch, wahrscheinlich hatte sie einen hochroten Kopf, aber Martin würde diesen Umstand der Hitze oder einer anderen Anstrengung zuschreiben. Nicht jener, die es bedurfte, um die Vergangenheit in Schach zu halten.

«Mama, lass uns weitergehen», quengelte Timo, und dankbar gehorchte ihm die Mutter. «Also dann, schönen Urlaub!»

Ob sie nicht Lust habe, sich mit ihm auf ein Bier zu treffen, rief ihr Martin nach, und das «Nein, danke», das sie formuliert hatte, verließ ihren Mund ungefragt als «Wieso nicht». Und als sie mit den Kindern den Weg in Richtung Dorf weiterging, hatte sie sich bereits verabredet, am selben Abend in der «Spiekerooger Leidenschaft».

Sie habe zufällig einen alten Freund von früher getroffen, erklärte Birgit am Abend ihrem Mann. Er hatte zwar nichts dagegen, dass sie allein ausging, er war mit seiner Arbeit immer noch nicht fertig und deshalb froh um ein paar ruhige Stunden, nachdem die Kinder im Bett waren, doch er fragte trotzdem nach, von wann genau «früher» sie diesen Freund kenne.

«Aus der Schulzeit. Von weit vorher also.» Das war gelogen.

«Es ist schön, dass du jemanden aus deiner Stadt getroffen hast», sagte Adrian, und sie mochte den Psychiater-Unterton in seiner Bemerkung nicht. Klar konnte sie nachvollziehen, dass Adrian das, was vor dreizehn Jahren geschehen war, auch belastete, auch wenn das vor ihrer gemeinsamen Zeit gewesen war. Aber schließlich war es *ihr* Stigma. Sie war es, die die Tat begangen hatte, und sie allein hatte gebüßt dafür, im Gefängnis und mit der Ächtung durch ihr altes Umfeld.

Birgit beeilte sich zu gehen.

Das Restaurant und vor allem die Terrasse, auf der sie sich trafen, hätte ihr eigentlich gefallen, doch es hatte zwei Fehler: erstens den Namen. Das Wort «Leidenschaft» schien ihr in diesem Zusammenhang unangebracht. Und zweitens den Standort gleich gegenüber der Sparkasse, dem Haus mit der einzigen Leuchtreklame der Insel. Seit dreizehn Jahren mied sie das rote Logo.

Martin hatte sich frischgemacht und ein schönes Hemd angezogen. Sie roch sein herbes Parfum und ertappte sich dabei, wie ihre Nase vergeblich Witterung nach dem Geruch seines Körpers aufnahm.

Nach ein bisschen Small Talk über Spiekeroog als idyllisches Urlaubsziel und die Entwicklung ihrer jeweiligen Kinder wurde Martin plötzlich still und sah sie an. Diese Augen, dachte Birgit. Diese Augen sind noch genau dieselben. In ihnen hatte sie sich verloren, hatte sie die Ranch im Mittleren Westen der USA gesehen, die sie gemeinsam hatten kaufen wollen mit dem Geld, wenn alles gutgegangen wäre.

Es waren diese Augen, die aufs Ziel gerichtet gewesen waren und die, nachdem für sie alles zu spät gewesen

 SPIEKEROOG

war, sich von ihr und von dem am Boden liegenden Körper abgewandt und den Fluchtweg aus dem Schalterraum ausgemacht hatten.

«Wieso hast du mich eigentlich nicht verraten, damals?» Martins Frage dröhnte von weit her und brachte sie aus ihren Erinnerungen zurück auf die Nordseeinsel.

«Was hätte es mir genützt?», fragte sie zurück, verwundert, als ihr bewusst wurde, dass sie sich selber diese Frage nie in dieser Weise gestellt hatte. Obwohl sie wirklich genug Zeit dafür gehabt hätte.

Sie waren jung gewesen, knappe zwanzig, mit aller Kraft erfasst vom Sturm und Drang der Jugend. Nur ein kleiner Bankraub hätte es werden sollen, weil das abenteuerlicher war, als das Geld in mühseliger Lohnarbeit zusammenzukratzen, und weil sie mit Taschen- und Entreiß-Diebstählen auf keinen grünen Zweig gekommen waren. Dass dieser Plan gehörig in die Hose ging, lag unter anderem daran, dass sie selber mindestens so viel Angst hatten wie Bankpersonal und Kundschaft. Sie machten keine Beute, nur die Polizei machte welche. Birgit dachte an den Moment ihrer Verhaftung. An das Gefühl der Ohnmacht. An die Schreie im Schalterraum, die ihr noch lange in den Ohren hallten. Und an den alten Mann, der ihr die Maske vom Kopf hatte reißen wollen und geschrien hatte und der nun am Boden lag, nach einem Schlag auf den Hinterkopf. Kurz darauf starb er an den Folgen eines Schlaganfalls – die Verhörbeamten hatten ihr diese Tatsache immer und immer wieder unter die Nase gerieben und ihr prophezeit, dass sein Tod ihr angelastet werden würde, wenn sie nicht spräche. Obwohl die Polizisten genauso gut wie sie selber wussten, dass sie es nicht gewesen war, sondern ihr Komplize. Der geflohene, große Unbekannte.

«Wie lange warst du im Knast?»

Birgit sah Martin an. Konnte das sein, dass ihm ihre Haftdauer so unwichtig gewesen war, dass er sie vergessen und nun tatsächlich nachfragen musste? Satte fünfeinhalb Jahre lang.

Das alles wollte Birgit sagen, doch sie schaffte es nur bis zu einem: «Weißt du das nicht mehr?»

Ein lauer Abendwind strich durch die hohen Bäume am Straßenrand. Martin nahm einen Schluck Bier und lehnte sich zurück: «Klar doch.»

Sie tranken aus und gingen gemeinsam über die geschlungenen Wege durch die Dünen. Plan- und zeitlos. Aber es tat gut. Beim «Utkieker», einer Plastik aus Bronze, die von einer der höchsten Dünen aus zum Horizont blickt, standen sie lange schweigend nebeneinander und wandten ihre Gesichter nach Westen, wo die gerade untergegangene Sonne einen in Orange getauchten Himmel zurückgelassen hatte. Sie sahen sich nicht an.

«Warum hast du mich nicht verraten?», fragte Martin wieder.

«Weil es nichts genützt hätte. Sie wollten mich zwar weichklopfen, aber ich habe nichts gesagt.»

«Warum?»

Sie sah ihn an: «Aus Liebe, du Schwachkopf», brach es aus ihr heraus. Es war komisch, das Wort «Liebe» jetzt und hier in den Mund zu nehmen. Kurz nachdem sie das Gefängnis verlassen hatte, war Martin bereits verheiratet und frischgebackener Vater gewesen, und Adrian hatte das Wort Liebe für sich eingenommen.

 SPIEKEROOG

«Dein Mann, weiß er von der Tat?», fragte Martin, als hätte er ihre Gedanken gelesen.

«Ja. Wie, glaubst du, hätte ich fünfeinhalb Jahre meines Lebens erfolgreich vertuschen können? Ich bin froh, dass es sonst kaum einer weiß, in dem Leben, das ich jetzt führe. – Und deine Exfrau?»

In dem Moment, als die Frage raus war, wurde sich Birgit deren Stupidität bewusst. Natürlich wusste die Exfrau nichts. Niemand auf der ganzen Welt wusste, dass Martin Rieck vor dreizehn Jahren eine Bank überfallen hatte. Außer ihr. Birgits Blick schweifte über die Dünen auf die Nordsee, über der der Abendhimmel sich langsam des Sonnenrots entledigte.

Obwohl es damals ihre eigene Entscheidung gewesen war, ihren Mittäter nicht zu verraten, blitzte für einen Moment die Frage durch ihren Kopf, ob es ihr Genugtuung verschaffen würde, wenn auch er für seine Tat büßen müsste. Ein absurder Gedanke, damals wie heute. Niemals während der ganzen fünfeinhalb Jahre im Gefängnis hatte sie sich dies überlegt, nicht einmal, als sie von seiner Hochzeit hörte. Wozu auch? Er war für sie der Held gewesen, den zu schützen ihre Aufgabe war. Obwohl der Tod des alten Mannes im Schalterraum auf sein Konto ging.

«Hast du nie mit deinem Schicksal gehadert?» Martins Stimme tönte warm, verständnisvoll, mitleidig.

«Klar. Ich hätte meine Jugend wohl sinnvoller verbringen können.»

Er schwieg. Wusste, wovon sie sprach. Martin war in der Zeit, in der sie eingesessen hatte, zweimal auf lange Reisen gegangen, hatte geheiratet und war Vater zweier

Kinder geworden. Ihre eigenen Kinder waren viel jünger als die seinen – er hatte einen Vorsprung von fünfeinhalb Jahren im Leben.

«Weiß dein Mann, mit wem du den Überfall gemacht hast?»

«Nein. Du würdest nicht mehr lebendig von dieser Insel wegkommen, wenn er's wüsste.»

Schon wieder eine Lüge. Adrian würde es nicht einmal wagen, Martin in die Augen zu schauen, dachte Birgit. Er würde sich fürchterlich aufregen, einen direkten Kontakt aber verweigern und stattdessen seine Personalien an die Polizei weiterreichen und von einem Anwalt eine lange Schadensersatzklage aufsetzen lassen.

Sie unterdrückte weitere Gedanken an das Verhalten ihres Mannes, verdrängte seine Existenz aus ihrem Bewusstsein. Momentan gab es nur die Dünen, den Wind, den Himmel. Und Martin und sie.

«Sieht man deine Narbe noch?», fragte sie unvermittelt. Er nickte, zog das Hemd aus, zeigte ihr den linken Oberarm. «Ich sagte immer, wenn jemand fragte, ich sei als Kind in eine Glasscheibe gerannt.»

Komisch, dass mir nicht kalt wird bei diesem Wind, dachte Birgit mehrmals. Vielleicht war der Schnaps, den Martin ausgepackt hatte, daran schuld, dass sie die Kälte nicht spürte. Vielleicht war es auch die Wärme, die ihr Körper ununterbrochen produzierte, seit sie mit ihm hier saß und redete. Ein ganzes Leben galt es aufzuarbeiten.

Die Idee, es auf Spiekeroog nochmals zu versuchen mit der Bank, kam, als die Flasche schon fast leer war. Sie beide wussten, dass es eine blöde Idee war. Obwohl die

 SPIEKEROOG

Insel über wenige Polizisten verfügte, waren die Banken sicherheitstechnisch in den vergangenen dreizehn Jahren massiv aufgerüstet worden. Und eine Bank an einem Ort auszurauben, von dem es außer mit der Fähre kein Wegkommen gab, war so ziemlich das Stupideste, das man sich ausdenken konnte. Aber das Ausdenken selber war schön. Sie lachten, während sie den Plan schmiedeten und sich Alternativen ausmalten, und plötzlich, in einen Moment der Stille hinein, sagte Birgit: «Ich wünschte, es hätte damals geklappt.»

«Klar. Dir wäre der Knast erspart geblieben.»

Und wir wären noch zusammen, hätte Birgit beinahe gesagt. Im letzten Moment schluckte sie den Satz hinunter und stand auf: «Ich muss. Hab meinem Mann versprochen, nicht zu spät zu kommen.»

«Verstehe.»

In den nächsten zwei Tagen hielt Birgit ständig Ausschau nach Martin, doch sie liefen sich nicht mehr über den Weg. Wieso nur hatten sie ihre Handynummern nicht ausgetauscht? Achtundvierzig Stunden nach ihrem Treffen setzte Birgit sich wieder auf die Terrasse der «Spiekerooger Leidenschaft», trank ein Pils und hing ihren Erinnerungen nach. Ganz allein. Auf der gegenüberliegenden Straßenseite leuchtete das Rot der Sparkasse. Dieses Institut hatte ihr schon einmal Unglück gebracht. Plötzlich stand Martin neben ihrem Tisch.

«Hast du gewartet?», fragte er. Sein Lächeln ging ihr durch Mark und Bein. Sie wurde den Gedanken nicht los, dass er mit vierunddreißig immer noch genauso aussah wie mit einundzwanzig.

«Nein, nein», sagte sie hastig. Ein bisschen frische Luft nur, erklärte sie, Lust auf ein Bier, der Mann noch beschäftigt, die Kinder schon am Schlafen, Ausklang des Tages genießen.

«Klingen wir zusammen aus?», fragte sie ihn. Er nickte und setzte sich.

Später saßen sie wieder oben auf der Düne beim «Utkieker». Es war kühler als zwei Tage zuvor, der Wind pfiff unfreundlich aus Westen, trieb tiefhängende graue Wolken vor sich her.

Heute war nichts mit Sonnenuntergang.

«Hast du später eigentlich noch andere Dinge gedreht?», fragte Birgit aus heiterem Himmel. Martin schüttelte den Kopf: «Nicht so richtig bewaffnet und so. Es gibt anderes, risikoärmeres.»

Sie lachte: «Bist du nicht erwachsen geworden?»

«Nein. Nur etwas vorsichtiger. Ich trage Verantwortung für meine Kinder.»

Die Vertrautheit, die sich zwischen ihnen wieder entfaltet hatte, beunruhigte Birgit. Und doch war es ein angenehmes Gefühl, das sie, so wurde ihr bewusst, dreizehn Jahre lang vermisst hatte. Wenigstens brachte Martin Birgit nicht dadurch in Verlegenheit, dass er einen Annäherungsversuch unternahm. Birgit war froh darüber, da sie sich so keine Gedanken darüber machen musste, ob sie einen solchen Versuch abgewehrt hätte oder nicht. Deshalb ermahnte ihre Vernunft sie, erleichtert zu sein, dass Martin seine Abreise für den nächsten Tag ankündigte.

«Kannst mich ja auf die Fähre begleiten», grinste er.

«Vergiss es», grinste Birgit zurück. «Morgen kommen meine Schwiegereltern vom Festland rüber.»

 **SPIEKEROOG**

Als sie sich trennten, widerstand Birgit dem Bedürfnis, sich aus Martins Umarmung nicht mehr zu lösen.

Als sie ihm nachschaute, wie er festen Schrittes auf das Dorf zuging, fragte sie sich, weshalb ihre Beine ihr verboten, ihm zu folgen. Der Wind blies ihr scharf ins Gesicht, und als Martin zwischen den Dünen verschwunden war, fühlte sie sich plötzlich so allein wie seit langem nicht mehr.

Am nächsten Morgen erfüllte hektische Betriebsamkeit ihre Ferienwohnung auf Spiekeroog. Birgit erwachte aus einem verstörenden Traum, in dem Martin eine zentrale Rolle gespielt hatte. Die Handlung konnte sie nicht mehr rekonstruieren, doch das Gefühl, das sie im Schlaf verspürt hatte, saß immer noch in ihr. Intensiv. Und so angenehm, dass es beunruhigend war.

Birgit sah auf die Uhr. Noch zwei Stunden bis zur Abfahrt der Fähre. Noch zwei Stunden musste sie irgendwie überbrücken, dieses Gefühl loswerden.

«Mama, steh auf!» Plötzlich stand Lea neben dem Bett und befahl ihre Mutter in ihr jetziges Leben zurück. Birgit spürte, dass dies im Moment nicht gutgehen würde. Darum täuschte sie Übelkeit vor, ließ Adrian das Frühstück für die Kinder ausrichten und sagte, sie könne wohl nicht mitkommen zum Hafen, um die Schwiegereltern abzuholen.

«Bist du krank?» Über Timos Stirn zog sich eine Sorgenfalte. Birgit nahm ihn in den Arm: «Höchstens ein bisschen. Das wird schon wieder.»

Unruhig wälzte sie sich im Bett hin und her, während der Minutenzeiger stehenzubleiben drohte. Erst als Viertel vor zehn vorbei war und Birgit davon ausgehen konnte, dass die Fähre abgelegt hatte, seufzte sie erleichtert und drehte sich zur Wand.

Als Adrian mit den Kindern und den Schwiegereltern in der Ferienwohnung ankam, gab es zuerst ein großes Hallo. Die vorsichtige Frage von Timo, ob es der Mama denn besser gehe, beantwortete diese erleichtert: «Ja. Ich brauchte wohl einfach noch eine halbe Stunde länger Schlaf.»

Unvermittelt drückte Lea ihr einen dicken Briefumschlag in die Hand: «Das hat mir der Mann vom Strandübergang gegeben. Er und seine Kinder sind mit der Fähre abgereist. Das ist für dich, hat er gesagt.»

Birgit nahm den Umschlag an sich und gab sich Mühe, sich die innerliche Aufregung nicht anmerken zu lassen. Ertappte sich bei der Hoffnung, dass Martin ihr vielleicht, neben offenbar recht viel Papier, seine Handynummer hinterlassen hatte. Damit man Kontakt halten konnte, wider jede Vernunft zwar, aber wenn sie ehrlich mit sich war, wünschte sie sich genau das.

Sobald sich die Gelegenheit bot, verzog Birgit sich auf die Toilette und öffnete den Umschlag. Darin lag ein dickes Bündel gebrauchter Geldscheine – Zwanziger, Fünfziger, Hunderter. Unmöglich, in der Schnelle den Wert zu schätzen – eingetütet in ein Blatt Papier, auf dem stand: «Hab's doch noch geschafft. Man wird ja älter und lernt dazu. Mit Fingerspitzengefühl geht es besser als mit Brachialgewalt. Ich wünschte, diese Erkenntnis hätte ich vor dreizehn Jahren schon gehabt. In Liebe, M.»

SPIEKEROOG

Birgit schloss die Augen und atmete tief durch. Woher mochte Martin all das Geld haben, und was meinte er mit «Fingerspitzengefühl»?

Bevor sie zu einem Schluss kam, hörte sie ihren Ehemann im Wohnzimmer wutentbrannt ausrufen: «Verdammt nochmal, das gibt's doch nicht! Mein ganzes Geld ist aus der Brieftasche verschwunden!»

«Unsinn, Adrian», belehrte ihn seine Mutter in schnippischem Ton. «Wahrscheinlich hast du nicht aufgepasst. Unmöglich, dass es auf Spiekeroog Taschendiebe gibt – und dazu noch solche, die nur das Geld und nicht die ganze Brieftasche nehmen. Und vor allem, fluch nicht vor den Kindern!»

Birgit seufzte. Das konnten ja heitere Ferien werden! Sie blickte auf das Bündel Geldnoten und konnte nicht verhindern, dass ein Lächeln über ihr Gesicht huschte.

Weggespült

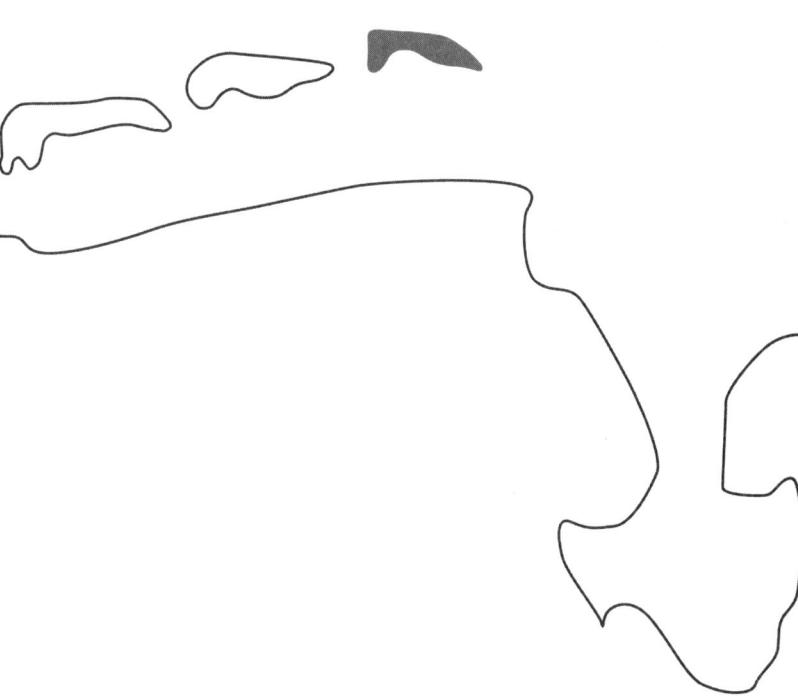

Komm doch zwei oder drei Tage zu uns. Am besten fährst du gleich los. Ich buche dir einen Platz im Flieger und ruf dich zurück.»

Katharinas Stimme war hell und angenehm und klang, obwohl er ihr gerade über Wut und Verzweiflung berichtet und vor lauter Zorn kaum die richtigen Worte gefunden hatte, beinahe unbeschwert. Fröhlich wie immer, und Stefan spürte eine große Erleichterung in sich aufkeimen. Zum Glück hatte er seine jüngere Schwester angerufen, bevor er, als hochexplosiver Dampfkochtopf, seinen Druck unkontrolliert abgelassen und womöglich etwas getan hätte, was er später bereuen würde.

Obwohl ihm nicht nach Lächeln zumute war, zuckten seine Mundwinkel beim Gedanken an Katharina nach oben, nachdem er den Hörer aufgelegt hatte. Ihm war, als würde das gefährliche Zischen des Überdrucks in seinem Kopf nachlassen. Katharinas Idee war genau das richtige Rezept: Ein bisschen weg aus der Stadt, wo ihn das Geschehene zu überrollen drohte, raus an die frische Luft, auf die Nordseeinsel Wangerooge, wo seine Schwester derzeit mit ihrer Familie Urlaub machte.

Stefan gönnte sich keinen Aufschub. Schnell stopfte er ein paar Anziehsachen in seine Sporttasche, und weil er nicht genügend saubere im Schrank fand, raffte er noch ein paar schmutzige vom Boden auf. Er packte sogar seine kleine Kompaktkamera ein, schließlich wollte er

WANGEROOGE

sich später an ein paar schöne Tage auf Wangerooge erinnern können. Die Zeitungen fegte er energisch vom Tisch und legte sie zum Altpapier – wenn er zurückkam, wollte er die Meldungen auf den Titelseiten nicht nochmals lesen müssen. «Entlassung: Arbeiter löscht Familie aus!»

Familiendrama. Der Täter: ein ehemaliger Arbeitskollege von Stefan. Ein Freund, konnte man schon fast sagen. Joachim. Gemeinsam hatten sie zwölf Jahre lang bei Becker in der Werkstatt gearbeitet, Seite an Seite – bis es Stefan vor fünf Monaten bei einer ersten Entlassungswelle aus der Firma gespült hatte (zu wenig flink, zu oft in der Kneipe nach Feierabend, und dann auch noch in der Gewerkschaft aktiv). Seine Entlassung hatte Stefan umgehauen. Joachim hingegen war nach der Meldung, dass er zu den fünfzig Personen gehören würde, für die das Werk keine Arbeit mehr haben würde, nach Hause gefahren und hatte in der folgenden Nacht seine Frau und beide Töchter im Schlaf erschossen. Danach, als das Haus bereits von Antiterroreinheiten der Polizei umstellt gewesen war, hatte er sich die Pistole in den Mund gesteckt und abgedrückt.

«Sich selbst gerichtet.» Welch grausame Redewendung.

Gewaltsam verbannte Stefan seine Gedanken an das, was in der vergangenen Woche passiert war, was ihn so erschüttert und aufgewühlt hatte. Er schloss den Reißverschluss seiner Sporttasche, setzte seine zwei Topfpflanzen unter Wasser und verließ die Wohnung. Drei Straßenecken weiter stand sein Opel. Er warf die Sporttasche auf den Rücksitz, eine CD in den Schlitz und bahnte sich einen Weg durch den Feierabendverkehr Richtung Autobahn.

In der Nähe der Autobahnauffahrt sah er seine ehemalige Firma. Unter diesem grauen Flachdach hatte er vierzig Stunden pro Woche verbracht, zwölf lange Jahre, bis vor fünf Monaten. Den Industriebetrieb, der Autoteile herstellte und ihn bisher ernährt hatte, hatte die Wirtschaftskrise genauso getroffen wie die Autoindustrie selbst. Da weniger Autos hergestellt wurden, benötigte man auch weniger Einzelteile, so die lapidare Logik der Marktwirtschaft, die rechnete, ohne den Faktor Mensch zu berücksichtigen.

Zweifel stieg in Stefan auf, und unwillkürlich ging er vom Gas. War es richtig, in dieser schwierigen Situation einfach an den Strand abzuhauen? Sollte er nicht hierbleiben und seinen entlassenen Kollegen, deren Kampfwille nach langen Monaten allmählich in Erschöpfung überging, beistehen? Noch wollten sie nicht aufgeben, sondern kämpfen, gemeinsam. Außer Joachim; der war bereits vor seiner eigenen Entlassung immer mutloser geworden und hatte den Kampf verloren.

Stefan musste immer wieder an die Worte denken, die der Vorstand des Unternehmens, der Sohn von Firmengründer Becker, nach Joachims Tod im Fernsehen gesagt hatte: dass diese Tat abscheulich sei, dass die Firma aber keinerlei Schuld treffe. Der Täter sei ja bereits vorher als gewalttätig bekannt gewesen, und er, der Vorstandsvorsitzende, könne nichts dafür, wenn die Arbeiter nicht fähig seien, mit den heutigen Gegebenheiten der Wirtschaft umzugehen.

WANGEROOGE

Das hatte er gesagt, und Stefan war fast übel geworden angesichts solcher Arroganz. Die Wut war in ihm hochgekocht, und in diesem Augenblick hatte er beschlossen, seinen besten Kollegen Joachim zu rächen.

Nun aber steuerte Stefan seinen Opel nordwärts. Er merkte, wie gut es ihm tat, Distanz zu schaffen. Mit jedem Kilometer, der ihn vom Geschehenen trennte, konnte er ein wenig tiefer durchatmen, ein wenig klarer denken.

Als er in den flachen grünen Weiten der ostfriesischen Küstenlandschaft angekommen war, parkte Stefan seinen Wagen beim kleinen Flugplatz in Harle, von wo die LFH als kürzeste Passagierflugverbindung Europas nach Wangerooge übersetzte. Sein Ticket lag schon bereit, die junge Dame hinter dem Schalterglas lächelte ihn freundlich an.

Noch viel schöner war jedoch das Lächeln seiner Schwester Katharina, die ihn am Flugplatz Wangerooge, auf der anderen Seite des Wattenmeers, abholte. Katharina umarmte ihn und strich mit ihren Fingern sein Haar zurecht: «Komm, Bruderherz. Gehen wir was essen.»

Katharina hatte es schon immer verstanden, ihn auf andere Gedanken zu bringen, wenn Probleme ihm zugesetzt hatten. Und das war oft genug vorgekommen. «Der Stefan tut nicht gut», das war ein Standardsatz der Eltern gewesen, enttäuscht darüber, dass der Sohn ihren hohen Ansprüchen nicht hatte genügen können und wollen. Anders Katharina – vier Jahre jünger als ihr Bruder, hübsch, begabt und freundlich mit aller Welt. Katharina aber war auch die Einzige gewesen, die stets und egal unter welchen Umständen zu ihrem Bruder gehalten hatte.

Auch jetzt, als er ausgelaugt, ungeduscht und mit einer riesigen Wut und Ohnmacht im Bauch am Flugplatz von Wangerooge stand.

Der Wind, die frische Luft und die Ablenkung taten ihm gut. Nach vierundzwanzig Stunden auf der Insel traf es ihn schon nicht mehr ganz so hart, als er den Ausdruck «sich selbst gerichtet» in einem Fernsehkrimi hörte. Dennoch dachte er immer wieder an Joachim, an dessen Kinder und die Frau mit ihrem wunderschönen Gesicht, in die er sich, wäre nicht bereits sein bester Kollege mit ihr verheiratet gewesen, wohl sofort verliebt hätte. Nun waren sie alle tot, und Stefan machte sich Vorwürfe, dass er nicht gemerkt hatte, wie verzweifelt Joachim wirklich war.

«Gerichtet.» Eine haarsträubende Formulierung. Stefan dachte an den Roman «Der Richter und sein Henker» von Dürrenmatt.

Der Drang, laut loszufluchen und etwas zu zerschlagen, egal, was ihm gerade zwischen die Finger kam, kehrte wieder. Doch er betrachtete seine Schwester, die seinen Blick fragend erwiderte, und dachte daran, was sie am vergangenen Abend gesagt hatte: «Du darfst nicht unkontrollierte Dinge tun. Denk daran, was dein Handeln nach sich ziehen kann, Mensch.»

Der Überdruck im Dampfkochtopf baute sich langsam wieder ab. Seine kleine Schwester. Wie recht sie hatte!

Am nächsten Morgen ging Stefan mit der Familie seiner Schwester auf eine Wattwanderung. Katharinas Kinder hatten riesigen Spaß daran, barfuß durch den matschigen Schlick zu stapfen. Auch Stefan genoss das Gefühl des kühlen Schlamms zwischen den Zehen, während er interessiert dem Wattführer zuhörte, der über Sandklaff-, Pfeffer- und Miesmuscheln referierte.

«Hättest du gewusst, dass diese öde braune Fläche so voller Leben steckt?», fragte Katharina ihren Bruder nach der Wanderung. Er schüttelte den Kopf. Sie beschlossen, gleich noch dem Nationalpark-Haus im Rosengarten einen Besuch abzustatten, weil sie mehr über die Bewohner des Watts erfahren wollten.

Doch kurz nach dem Eingang, an der Informationstheke, wurde Stefans Interesse abrupt abgelenkt. Den Mann, der sich mit einer Angestellten des Nationalpark-Hauses unterhielt, kannte er. Adrenalin und Zorn durchfuhren ihn: Das war der Vorstand seiner ehemaligen Firma, Sohn des Firmengründers. Horst Becker. Niemand anders als der Mann, der in den TV-Nachrichten sämtliche Schuld an Joachims Amoklauf von sich gewiesen und alles dem entlassenen Arbeiter selber in die Schuhe geschoben hatte.

Stefans Blut kochte. Seine ganze Energie musste er aufwenden, sich seine innere Anspannung nicht anmerken zu lassen, doch Katharina betrat unbekümmert mit Mann und Kindern die Ausstellungsräume und schenkte ihm keine Beachtung.

Stefan hielt sich in der Nähe Beckers und sah sich in anderthalb Metern Entfernung Ansichtskarten an. Nationalpark Wattenmeer bei Sonnenaufgang, Nationalpark Wattenmeer bei Ebbe. Seehundbabys, Kiebitze und Möwen. Geballte Idylle in Postkartenformat.

Becker beachtete ihn nicht, erkannte ihn nicht. Den einzigen direkten Kontakt, den der Arbeiter und der Chef der Firma je gehabt hatten, war am Tag von Stefans Entlassung gewesen, bei der offiziellen Bekanntgabe der Namen jener, die als Erste über die Klinge springen mussten. Vielleicht hätte er ihm damals vor fünf Monaten die Faust ins Gesicht schlagen sollen, dachte Stefan – dann würde Becker sich bestimmt an ihn erinnern. Und jetzt vielleicht wenigstens zusammenzucken. Aber Becker erwartete wegen der miesen Löhne, die er seinen Angestellten zahlte, wohl kaum einen seiner Arbeiter auf Wangerooge. Schon gar nicht einen der Entlassenen.

Becker – in seiner Outdoor-Jacke sah man ihm den Vorstandsvorsitzenden nicht an – unterhielt sich mit der Nationalpark-Angestellten über die verschiedenen Vogelarten und erkundigte sich, wann und wo man am besten Säbelschnäbler beobachten konnte. Die Angestellte gab ihm bereitwillig Auskunft, versäumte es jedoch nicht, ihn daran zu erinnern, dass es sehr gefährlich und daher verboten sei, alleine ins Watt zu gehen. Stefan horchte mit, und in ihm reifte ein Entschluss. Allein im Watt war es gefährlich. Zu zweit im Watt war es – zumindest für arrogante Firmenchefs – vielleicht noch weitaus gefährlicher. Der Druck im Dampfkochtopf steigerte sich wieder.

«Onkel Stefan, kommst du mal schauen?» Die Stimme seines Neffen riss ihn aus seinen Gedanken.

«Jetzt gerade nicht, ich geh noch an die frische Luft. Wir treffen uns später zum Abendessen in der Ferienwohnung, okay?» Klang ganz plausibel. Stefan war selber erstaunt über die unverdächtige Antwort und darüber, dass sie ihm wie automatisch über die Lippen gekommen war.

Er blätterte durch ein paar Naturführer, kaufte sich dann ein Vogelbestimmungsbuch, ließ sich einen Gezeitenplan geben und heftete sich Becker unauffällig an die Fersen, als dieser das Nationalpark-Haus verließ.

Der Vorstand war allein unterwegs. Gut für Stefan. Vom Rosengarten aus schlenderte er durchs Dorf und immer mal wieder über eine von Bäumen gesäumte Rasenfläche, die sich zwischen den Häusern befanden und hier alle mit «Kurpark» betitelt waren. An einem Kiosk kaufte er sich eine Zeitung und steuerte dann in Richtung Alter Leuchtturm.

In Stefan, seinem Verfolger, kochte der Hass immer wieder hoch. Mit aller Kraft musste er die Gedanken an die leeren Versprechungen, die Demütigungen und das Verweigern eines akzeptablen Sozialplans unterdrücken, um Becker nicht einfach an die Gurgel zu springen. Dieser Mensch, der hier durch den Inselfrieden spazierte, trug in Stefans Augen nicht nur die Verantwortung für all die Zukunftsängste und Existenznöte der Entlassenen, sondern in letzter Konsequenz auch die Schuld am Tod von Joachims Familie.

Als Becker den alten, rot-weiß gestrichenen Leuchtturm betrat, ließ ihm Stefan etwas Vorsprung, bevor er sich ebenfalls an den Aufstieg über die Wendeltreppe machte.

«Halte dich unter Kontrolle», hallte Katharinas Mahnung in seinem Kopf wider. «Ich bringe ihn um», dachte er und fixierte Beckers Rücken. «Tu das nicht. Ich möchte dich nicht im Gefängnis besuchen müssen», hörte er Katharinas Antwort, als stünde sie neben ihm.

Oben auf dem Leuchtturm blies ein steifer Wind. Am nördlichen Horizont, hinter einer militärischen Funkstation an der Strandpromenade, konnte er riesige Ozeanschiffe ausmachen, auf dem Weg zu den großen deutschen Überseehäfen. Im Süden lag das ostfriesische Festland, die Küste mit Windmühlen gespickt. In der Nähe des Leuchtturms stand der Wangerooger Bahnhof, ein großzügiger Bau, auf dem die gebogene Aufschrift «Kehre wieder» prangte. Es zuckte in Stefans Händen, er konnte die Aussicht nicht genießen.

Am Fuß des Leuchtturms waren eine alte Dampflokomotive und ein kleines Schiff ausgestellt, beides zum Museum gehörend, das sich im Sockel des Leuchtturms befand.

Auf der Wiese rund um die beiden historischen Fahrzeuge spielten Kinder. Sie waren es, die Stefan daran hinderten, seinen ahnungslosen Feind mit einem kräftigen Stoß über das Metallgeländer zu befördern und in die Tiefe stürzen zu lassen.

«Überleg dir gut, was dein Handeln nach sich zieht», echote Katharinas Mahnung in seinem Kopf. Er musste es anders angehen. Nicht mit roher Gewalt, sondern mit List und Perfidie – mit denselben Mitteln wie der Gegner. Als zwei Möwen nahe an seinem Kopf vorbeiflogen, setzte Stefan ein freundliches Gesicht auf und näherte sich seinem Feind.

«Toll, wie die Möwen fliegen, nicht?», sprach er ihn unvermittelt an und war selber überrascht über den jovialen Tonfall in seiner Stimme.

«Ja, Sturmmöwen. Ich mag sie», antwortete Becker. Stefan nickte langsam. In Gedanken schnaubte er verächtlich. Kein Wunder, dass du die magst, dachte er – Möwen sind gnadenlose Allesfresser, genau wie du.

«Ich auch», doppelte Stefan nach einem Moment die Aussage des anderen, «ihre Eleganz, ihre Freiheit. Aber weitaus eleganter sind Säbelschnäbler. Sie sind für mich das ideale Beispiel der Anpassung an einen speziellen Lebensraum. Hier draußen im Watt soll's etliche davon geben.»

Die Erwähnung des schwarz-weißen Limikolenvogels erwies sich als eisbrechend. Sofort begann Becker mit Stefan eine angeregte Fachsimpelei über die ornithologischen Belange des Nationalparks Wattenmeer. Stefan war froh, dass er sich in seinem neu erstandenen Vogelbestimmungsbuch hastig den Steckbrief des Säbelschnäblers eingeprägt hatte und darum wusste, dass der Vogel sich von Ringelwürmern, Krebsen, kleinen Fischen und Insekten ernährte, dass er am Boden brütete und häufig mit einem klangvollen «plütt» oder «plüit» auf sich aufmerksam machte.

Sie sprachen noch ein wenig über Ornithologie, und Stefan gab sich Mühe, sich von der Arroganz in Beckers prahlenden Monologen nicht provozieren zu lassen.

«Ich werde heute Abend bei Niedrigwasser mit meinen Ornithologenkollegen zu den Säbelschnäblern rausgehen», warf Stefan den Köder ins Wasser – und hatte Becker, den nichtsahnenden, großmäuligen Fisch, sofort am Haken. Ob sich das lohne, fragte er. «Absolut», behauptete Stefan und beschrieb seinem interessierten Gesprächspartner jenen Weg, den er am Morgen bei der geführten Wattwanderung ungefähr gegangen war, als die ideale Säbelschnäblerroute. Hauptsache weit draußen.

Okay, dann werde man sich abends ja vielleicht draußen im Watt treffen, sagte Becker. Freudige Erwartung über spannende Vogelbeobachtungen schwang in seiner Stimme mit.

Der Wind hatte die ganze Zeit mit Stärke fünf über die Insel und um den Alten Leuchtturm herum geblasen. Doch als sich Stefan hastig verabschiedete, merkte er, dass ihm seine Ohren brannten, als seien sie kurz vor dem Siedepunkt. Alles in ihm rumorte, und als ihm bewusst wurde, dass er soeben, ohne es wirklich geplant zu haben, die Fangschlinge um Beckers Hals gelegt hatte, wurde ihm vor Aufregung fast schwindelig.

Beim Abendessen brachte er keinen Bissen hinunter. Als die Familie seiner Schwester sich bereit machte, um zum Konzert eines der beiden Wangerooger Shanty-Chöre zu gehen, musste er nicht lange nach einer Ausrede fürs Zuhausebleiben suchen: Ihm war übel, und das bevorstehende Zusammentreffen mit Becker warf alle seine Gefühle durcheinander.

Als Stefan zur Wattkante gelangte, zogen sich am Himmel graue Wolken zusammen, und der Wind frischte auf. Bis zum Sonnenuntergang fehlte noch etwa eine halbe Stunde, bis zum Einsetzen der Flut gemäß Gezeitenplan zwanzig Minuten. Kein günstiger Moment für eine Wattwanderung, aber Stefan hatte vorsichtshalber den Kompass seines Schwagers mitlaufen lassen.

Becker war schon unterwegs auf der weiten grauen Fläche des Schlickwatts – Stefan erkannte die Gestalt ein ganzes Stück weit draußen im Süden. Hätte er ein Fernglas gehabt, wäre er nicht nur besser als Ornithologe durchgegangen, sondern er hätte sich auch vergewissern können, dass es sich bei der Gestalt wirklich um Becker handelte, offenbar topmotiviert auf dem Weg zu den Säbelschnäblern.

Stefan verlor keine Zeit, entledigte sich seiner Schuhe, behielt die Socken an – so, hatte er am Morgen gelernt, konnte er die Füße besser schützen – und eilte hinterher.

Die grauen Wolken spiegelten sich in den Wasserlachen, die die Nordsee bei ihrem Rückzug auf dem Meeresgrund hinterlassen hatte. Manchmal blieben kaum Fußabdrücke zurück, als Stefan in dem harten Schlick über das Watt eilte, und nur Sekunden später sank er bis über die Knöchel in der fauligen Masse ein. Die Verfolgung Beckers war zwar einfach, doch die Distanzen in der Landschaft, die keine Orientierungspunkte bot, waren schwer abzuschätzen.

Stefans Herz pochte laut. Er zog eine Flasche aus seiner Jackentasche und nahm einen kräftigen Schluck, was für einen Moment Hals und Brust aufflammen ließ. Den «Ostfriesischen Moorgeist» hatte er am Nachmittag eigentlich als Geschenk gekauft, dann aber vergessen auszupacken, und nun tat er gute Dienste.

Irgendwann drehte sich der Verfolgte um, schien Stefan zu erkennen, blieb stehen, winkte mit den Armen. «Der freut sich noch», dachte Stefan kopfschüttelnd und nahm nochmals einen Schluck. Tat gut, gegen die Aufregung und gegen die Kälte, die langsam durch seine Kleider drang.

Als Stefan Becker erreichte, hatte die Dämmerung bereits eingesetzt. Die Lichter des Dorfes Wangerooge flammten in der Ferne auf. Nun hieß es auf der Hut sein und keine Zeit mehr verlieren, denn die Flut hatte ebenfalls eingesetzt.

«Ist eigentlich ein bisschen spät, um die Säbelschnäbler zu beobachten», begrüßte Becker seinen vermeintlichen Ornithologenfreund und lächelte herablassend.

«Kann sein. Aber für eine Entschuldigung ist es nicht zu spät.»

Becker musste aufgefallen sein, dass Stefans Stimme ganz anders klang als auf dem Leuchtturm. Weg war das anbiedernde Säuseln, jedes Wort war kalt und scharf und klar.

«Wieso Entschuldigung?»

«Für Ihre maßlose Arroganz Ihren Arbeitern gegenüber, denen Sie den Laufpass gegeben haben. Und dafür, dass Sie meinen Kollegen nach seinem Tod in den Dreck gezogen haben.»

Die folgenden Sekunden und Sätze verkamen zur zähflüssigen Masse. Wahrscheinlich war Becker seit Jahrzehnten nicht mehr so hilflos gewesen, so ausgeliefert wie ein kleines Kind. Über ihm Himmel, unter ihm Schlamm, einzige Gesellschaft ein Fremder, der sich als Gefahr zu entpuppen begann: «Wer sind Sie überhaupt?»

Für Stefan war das Gefühl der Überlegenheit so ungewohnt wie Beckers Schutzlosigkeit, und es gab ihm Auftrieb: «Einer von Ihren Arbeitern. Einer, den bereits die erste Entlassungswelle aus Ihrer Firma gespült hat und dem Sie einigermaßen menschliche Bedingungen verweigert haben. Damit haben Sie nicht gerechnet, was?»

Stefan konnte sich nachher nicht mehr an alles Gesagte erinnern, konnte nicht mehr nachvollziehen, ob es nur einen Augenblick oder eine Viertelstunde gedauert hatte, bis aus Beckers Gesicht jegliche Überlegenheit und Arroganz gewichen war und nur noch blanke Angst zu sehen war.

Der Zusammenbruch der korrekten Fassade des bisher ewig souveränen, jovialen Chefs irritierte Stefan. Wie konnte es sein, dass ein Mann, der vor Menschenverachtung und Arroganz in seiner Machtposition nur so sprühte, in der Einsamkeit des Watts zu einem Häufchen Elend mutierte? Becker brachte kein Wort mehr hervor und krallte sich an sein Fernglas, durch das er eben noch die schwarz-weißen, eleganten Stelzenläufer beobachtet hatte.

Nun geriet Stefans Plan ins Stocken. Was war der nächste Schritt? Rache, das hatte er sich geschworen. Ja, vielfältige Mordphantasien hatten sich seit der Begegnung im Nationalpark-Haus vor seinem inneren Auge abgespielt. Stefan hatte nicht daran gezweifelt, dass er diesen Kerl spielend zu Tode prügeln könnte, wenn er an Joachim dachte und dessen Frau und Kinder. Doch nun war da ein Gefühl, das er den Chefetagen der Wirtschaft gegenüber noch nie verspürt hatte und das er im Moment nicht im Geringsten brauchen konnte: Mitleid. Verdammt!

Er zückte die Flasche zum dritten Mal und nahm einen Schluck. Das war die Rettung.

Wortlos reichte Stefan Becker den «Ostfriesischen Moorgeist» und sagte, als sein Gegenüber ihn verängstigt ansah: «Austrinken!»

Der Mann griff ebenfalls in seine Jackentasche und klaubte sein Handy hervor. Stefan entriss es ihm und warf es in hohem Bogen in den Schlick. Dann ballte er die Faust und wiederholte: «Austrinken!»

Becker tat es erstaunlicherweise widerstandslos. Hustete zwischendurch und setzte die Flasche wieder an, nachdem Stefan ihn erneut dazu aufgefordert hatte. Bis sie leer war und der Chef den Arbeiter mit unruhigen, fragenden Augen ansah, als erwarte er nun den Todesstoß.

«Was glaubst du, dass ich dich jetzt umbringe oder was?», fuhr Stefan ihn ungehalten an.

«Ist das nicht dein Plan?», fragte Becker, beinahe ungläubig. Der Alkohol drang mit aller Kraft in sein Blut.

«Ich habe keinen Plan», blaffte Stefan zurück. Dann sprach er weiter, mehr zu sich selbst als zu seinem Zuhörer: «Ich kann dich nicht eigenhändig umlegen, nein. Alles, was ich kann, ist, dich zurücklassen. Dann merkst du, wie es ist, wenn man keine Hilfe kriegt. Wie es ist, wenn das Wasser langsam steigt und einem bald bis zum Hals steht.»

Er nahm Becker die leere Flasche aus der Hand und

steckte sie in seine Jackentasche zurück. Er musste sich beeilen, wenn er vor der Flut zurück sein wollte.

«Vielleicht mache ich einen Fehler. Aber hier rausgelaufen bist du schließlich selber und gesoffen hast du auch selber», sagte Stefan in analytischer Klarheit zu seinem Gegenüber, das ihn nur unverwandt anglotzte und sich, als ihn der Gleichgewichtssinn verließ, an ihm abstützte.

Stefan schüttelte die Hand ab, drehte sich um und steuerte auf die Lichter Wangerooges zu. Er wusste, dass er nicht in Panik geraten, nicht zu viel Energie mit Rennen verbrauchen durfte, er würde es schon schaffen. Beckers Rufen wurde zu einem Murmeln in der Ferne, er gab es bald auf, den eiligen Schritten Stefans zu folgen, sondern blieb stehen und setzte sich dann, da er nichts mehr zum Abstützen hatte, in den Schlick.

Der erste Priel, der vorhin nur mit knöcheltiefem Wasser gefüllt gewesen war, war bereits bis über Stefans Knie aufgelaufen. Mit zittrigen Fingern klaubte er den Kompass hervor und vergewisserte sich immer wieder, dass er Richtung Norden ging, obwohl er sowohl die Lichter der Insel als auch jene des Festlands ausmachen konnte.

Als Stefan nach über zehn Minuten das erste Mal den Mut fand, sich umzudrehen und zurückzuschauen, war auf der unendlichen Fläche aus Schlick niemand mehr zu sehen.

Die Luft im Veranstaltungsraum an der Wangerooger Strandpromenade war warm und stickig. Der Shanty-Chor besang soeben die Nordseeküste und den plattdeutschen Strand. Fast alle Stühle waren besetzt, das

Publikum sang und klatschte und schunkelte mit. In der vierten Reihe entdeckte Stefan seine Schwester mit ihrer Familie, und ihre Freude strahlte bis zu ihm hinüber.

Erst als Stefan außer Atem im Türrahmen stehen blieb, nahm er Notiz von seinem eigenen Aussehen: Seine Hose war bis zu den Oberschenkeln nass und schmutzig, seine Füße steckten in den Schuhen, die er in der Eile nicht gebunden, sondern nur verknotet hatte, und sein Haar klebte ihm an der Stirn. Er roch nach Schweiß und Schlamm. Da niemandem, nicht einmal den Zuschauern in der hintersten Reihe oder den als Seemänner verkleideten singenden Männern, die dem Eingang gegenüberstanden, sein Kommen aufgefallen war, stahl er sich wieder davon.

Am nächsten Morgen, zehn vor neun, saß Stefan mit seiner Sporttasche wieder am Flugplatz Wangerooge. Früh hatte er seine Schwester geweckt und ihr gesagt, er müsse zurück. Betriebsversammlung. Leider. Katharina war enttäuscht gewesen und hatte ihn umarmt, und er hatte sie getröstet, dass er ja bald wiederkommen könne, sie blieben ja noch zehn Tage.

Bevor er die Tür hinter sich zuzog, sagte er: «Danke für die Einladung. Es hat mir sehr gutgetan.»

Das Flugzeug flog pünktlich ab. Als die Maschine sich in die Luft hob, vermied es Stefan, zum Fenster hinauszuschauen. Er wollte das Watt nicht sehen und nicht Gefahr laufen, irgendwo da unten einen Punkt im Schlamm zu entdecken, der Becker sein könnte. Vielleicht hatte man ihn bereits aus dem Wasser gezogen, vielleicht gab ihn das Meer aber auch niemals mehr her.

WANGEROOGE

Angestrengt studierte Stefan den eingeschweißten Notfallplan, der hinter jedem Sitz steckte: Darin war nachzulesen, wie man die Schwimmweste anzog und wo sich die Notausgänge befanden.

Wenige Minuten später landete das Flugzeug auf dem Festland. Sicher, ruhig und nach Plan.

DANK

Herzlich danke ich

allen Tourismus- und Marketingverantwortlichen der Ostfriesischen Inseln für die Botschafteraktion 2009 an sich, für meine erfolgreiche Wahl zur Insel-Botschafterin, die Organisation meiner Recherchereise und die Unterstützung während derselben, namentlich: Silvia Bos, Thomas Vodde, Herbert Visser, Sabine Hinrichs, Thomas Pree, Silvia Nolte und Marion Weber.

den Inselfliegern der Luftverkehr Friesland-Harle (LFH) und deren Chef Jan-Lüppen Brunzema für die fliegenden Taxidienste zwischen den Inseln.

allen Menschen zwischen Borkum und Wangerooge, die sich die Zeit genommen haben, mir über das Leben auf den Inseln zu erzählen und mich daran teilhaben zu lassen.

dem Juister Buchhändler Thomas Koch und Inka Extra von der Villa Charlotte, die durch die Ermöglichung meines Schreibstipendiums auf Juist im Jahr 2008 maßgeblich zu meiner Liebe für die Ostfriesischen Inseln beigetragen haben.

dem Verlag Soltau-Kurier-Norden für die angenehme Zu-
sammenarbeit während der Entstehung dieses Buches,
insbesondere Lübbert R. Haneborger und Inge Straat-
mann.

meiner Schwester Verena Saladin für das aufmerksame
und gnadenlose erste Gegenlesen der Krimis.

allen lieben Menschen, die mir in meinem Botschafter-
jahr den Rücken freigehalten haben.

Barbara Saladin